A CARA DA MÃE

LIVIA GARCIA-ROZA

A cara da mãe
Contos

Copyright © 2007 by Livia Garcia-Roza

Capa
Rita da Costa Aguiar

Foto da capa
Randy Faris/ Corbis/ LatinStock

Preparação
Maria Cecília Caropreso

Revisão
Elizete Mitestaines
Cláudia Cantarin

Os personagens e as situações desta obra são reais apenas no universo da ficção; não se referem a pessoas e fatos concretos, e sobre eles não emitem opinião.

Dados Internacionais de Catalogação na Publicação (CIP)
(Câmara Brasileira do Livro, SP, Brasil)

Garcia-Roza, Livia
   A cara da mãe : contos / Livia Garcia-Roza. — São Paulo : Companhia das Letras, 2007.

   ISBN 978-85-359-1032-2

   1. Contos brasileiros I. Título.

07-3139   CDD-869.93

Índice para catálogo sistemático:
1. Contos : Literatura brasileira   869.93

[2007]
Todos os direitos desta edição reservados à
EDITORA SCHWARCZ LTDA.
Rua Bandeira Paulista 702 cj. 32
04532-002 — São Paulo — SP
Telefone (11) 3707-3500
Fax (11) 3703-3501
www.companhiadasletras.com.br

Sumário

A concertista, 7
Minha irmã, 15
As sombras, 19
O gato, 25
A coroa, 29
O profeta, 35
Meu pai, 39
Hidroginástica, 43
Conversa, 47
Epitáfios, 53
Kelly, 59
Entrevista, 65
O pai do Pedrinho, 69
Mutismo, 75
Dor de dente, 81
A tia e o piano, 87
Queixas, 91
Confissão, 99
Dia das mães, 103

A concertista

Mamãe me acordou dizendo para eu me levantar, dobrar a colcha e a esticar no pé da cama, sem deixar as pontas arrastando no chão, que devia estar cheio de pulgas do cachorro que dorme no meu quarto — era incrível como eu não sentia o fedor do animal! —, e que eu não demorasse para me vestir, descesse logo, e que acordasse meu irmão. E que era também para eu abrir a janela, para que o quarto ventilasse. Estava quase chegando o dia da audição. Meu Deus, como o tempo voa!, ela disse, saindo do quarto. Escutei tudo de olhos fechados e remelados.

Quando eu crescer vou pra um lugar que esqueci o nome, e que fica do outro lado do mundo. E lá tem canguru. Será que deixam a gente chegar perto deles?

Mamãe voltou a aparecer no quarto: era para eu não voltar do colégio suja de pilot, o tempo estava feio e a outra blusa ainda estava molhada. E bateu a porta.

Deve ser engraçada a vida dos cangurus, aos pulos. E como o filhote nasce na bolsa?

— Em que condições estão esses tênis! — disse mamãe, assim que me viu chegando do colégio com a empregada.

Ela tinha certeza que eu havia pisado nas poças, o tempo estava horrível, não parava de chover, e eu nem podia pensar em ficar resfriada na semana da audição. Seria um desastre. Como eu iria me apresentar? Com o nariz escorrendo? Resfriados demoram para passar. A empregada disse que eu tinha vindo debaixo do guarda-chuva, e mamãe se virou para conversar com meu irmão, que não toma banho. Da última vez ele disse que abriu o chuveiro, sentou no chão do banheiro e ficou lendo revistinha. E se eu contasse pra mamãe ele me dava um cacete. Quando mamãe terminou de fazer carinho na cabeça dele, ela mandou eu trocar o uniforme e me sentar para comer, não antes de lavar as mãos e passar um pente no cabelo, a franja estava entrando nos olhos. E ao terminar o almoço tinha os deveres, depois a aula de balé, e a empregada já ia pôr a comida na mesa.

— Olha o tempo correndo! — disse, apontando para a janela.

A tia de mamãe, que passava dias na nossa casa chorando muito porque tinha perdido a gata dela de adoração, disse que a moça (a empregada) estava uma tripa de cansaço. Bastava olhar para ela. Eu ia perguntar o que era tripa, mas mamãe quase enfiou uma meia na minha boca, que ela tinha acabado de enrolar. Nessa noite sonhei que a tia estava presa dentro de um pote de tinta. Os cabelos dela boiavam vermelhos. Não sei como enfiaram ela lá dentro.

Será que do outro lado só tem canguru, ou tem outros bichos também? Deve ter esquilo, zebra e pulga, porque em todo lugar tem pulga. Aqui em casa estão todas no Brutus, no meu cachorro. Assim que ele chegou na nossa casa se arriou nas patas e fez xixi no meio da sala. "Até tu faz cagada? Brutus!", meu pai disse. E o cachorro balançou a cabeça. Papai então disse que ele tinha concordado com o nome.

Antes do jantar mamãe disse que a professora de piano devia estar chegando, e, como eu sabia, ela era uma mulher muito ocupada, cheia de compromissos, portanto que eu me apressasse, e prestasse muita atenção na aula porque eu seria a primeira a tocar; abriria a audição. Uma deferência por parte de sua mestra. Não entendeu o que eu disse, não é? Não faz mal, eu também não entendia o que minha mãe falava. E é uma pena que sua avó não esteja mais neste mundo para te assistir. Ela dizia que você tinha mãos de concertista, e acertou em cheio! É um dom!, um dom!, acabou de falar batendo palma.

— É a cara da mãe! — a professora disse, logo ao chegar, e deu uma palmadinha no meu rosto.

Minha professora tem bigode. Vai ver ela era homem, e quando estava pra nascer o peru caiu e ficou o bigode. Mamãe perguntou se eu estava ouvindo ela mandar eu lavar as mãos e os braços para a aula. Não sabia como eu conseguia sujar os braços.

— Você se esfrega no chão? Brincando de quê?... — perguntou.

— Hein? — eu disse.

Depois ela avisou que iria inspecionar meus ouvidos, que deviam estar cheios de cera porque eu nunca escutava o que ela dizia.

Quando a aula terminou, mamãe mandou que eu continuasse tocando a música do concerto. À *exaustão*. E eu não sabia o que era à exaustão, mas já estava cansada. E a toda hora ela passava atrás de mim e esticava minhas costas, que estavam doendo. Muito tempo depois, quando eu já estava enjoada de tocar, ela disse que eu podia ir dormir. Mas antes desse boa-noite a minha tia, fosse delicada com os mais velhos. Quando a tia se abaixou para me dar um beijo, caiu um pedaço da cara dela. Mostrei para mamãe, que assistia televisão ao lado de papai, e ela disse que era pancake, e meu pai falou que era reboco. Mamãe fez psst!, depois ela disse que a maquiagem deve ter secado e então tinha caído. E que era uma coisa muito comum em senhoras de idade. Velhas, papai disse, rindo. Depois mamãe mandou eu vestir a camisola e não esquecer de apagar a luz do corredor, e que tirasse o cachorro do meu quarto. O barulho que ele fazia de noite se levantando e despencando de um lado para o outro atrapalhava o sono dela e o do meu pai. Nesse momento meu irmão passou por nós com seu fedor. Mamãe nem nota que ele não toma banho. Diz que ele só tira dez em matemática. Papai e ela vivem discutindo se meu irmão vai ser diplomata ou embaixador. Eu acho que ele vai ser lixeiro. Até Brutus se levanta quando meu irmão passa. Dei boa-noite para os dois e chamei baixinho meu cachorro pra irmos para o quarto.

— Vamos, levanta!, anda, já passa da hora, chegou o dia da audição, e não saia do quarto sem abrir a janela. Fica uma fedentina onde esse cachorro dorme! — disse mamãe, me sacudindo e, em seguida, batendo a porta do quarto.

Na mesa do café, eu quis fazer uma pergunta, mas mamãe corria de um lado para o outro, chamando a empregada, enxotando Brutus, ajeitando a cúpula do abajur. Nesse dia, ela fez questão de me dar banho, ensaboando meu corpo várias vezes; depois, enquanto me enxugava, disse que eu ia brilhar de todas as maneiras. Ela tinha certeza que sua filha estava dando o primeiro passo em direção a uma grande carreira! Algo dizia a ela que isso iria acontecer. Quantas alegrias teríamos pela frente! Quantas! Havia comprado um vestido novo pra mim... uma gracinha!, disse, tirando-o de dentro de uma caixa e sacudindo-o na minha frente. Em seguida enfiou-o pela minha cabeça, e ali ele ficou, preso, me sufocando, ela então começou a puxá-lo para baixo, mas o vestido não saía de onde estava, e mamãe dizia para eu ficar quieta, e eu estava parada, sem me mexer e sem conseguir respirar direito, quando então ela deu vários puxões:

— Maravilha! Amoldou-se inteiramente ao seu corpo... — disse, alisando-o.

Depois ela sentou na beira da cama, mandou que eu me ajoelhasse e começou a fazer o rabo-de-cavalo. Sempre dói na hora que mamãe me penteia, e depois continua doendo. Para terminar, espalhou perfume no meu corpo, fazendo meu cachorro espirrar, ela então o empurrou com o pé para fora do quarto dizendo que estávamos atrasadas.

— O tempo está correndo lá fora! — voltou a dizer e a apontar para a janela.

E continuou me arrumando, limpando meus ouvidos com cotonete. Enquanto dava os últimos retoques, segundo disse, perguntei se ela queria ter uma bolsa igual à do canguru. Cangurua, consertei. Que bobagem é essa?, perguntou. Depois disse que devia ser nervoso. Estávamos todos uma pilha. Em seguida, ela saiu correndo e gritando os nomes do meu pai e do meu irmão, e eles saíram do quarto andando devagar. Fomos os quatro em direção à rua, com mamãe à frente, dizendo vamos, vamos e fazendo sinal para os táxis. Ela achava melhor papai não dirigir porque na hora do almoço ele tinha exagerado nas cervejas e podia entrar na traseira de um caminhão. Adeus, audição! Tudo isso ela disse quase correndo na nossa frente. Meu pai fumava soltando baforadas para o alto e mamãe mandava que eles se apressassem, ele e meu irmão, que botava a língua pra mim; ao cruzarmos a portaria do prédio onde seria a audição, mamãe começou a sorrir para os lados e papai disse para ela não se cansar porque muitas daquelas pessoas não deviam fazer parte do evento. Ora, Oswaldo, ela disse. Sim, Dirce, meu pai falou.

Quando entramos na sala da audição, já havia pessoas lá dentro, sentadas, com sono, e um velho, caído na cadeira, apitava. Igual à minha avó quando dormia. Nesse momento, mamãe viu ao longe a professora, abanou a mão pra ela, que veio correndo, tropeçando, dizendo que a casa estava cheia, e o bigode dela nesse dia estava molhado. Depois ela me pegou pela mão e, me chamando de mascote, mandou que eu me despedisse da família, e que só pensasse na execução, em seus detalhes, na sonoridade de cada acorde. Mamãe movimentava a cabeça, concordando com o que a professora dizia. Depois de tudo o que disse, saiu de mão dada comigo e entramos pelo lado da sala, quando então ela abriu uma porta e eu vi uma porção de moças com as saias dos vestidos estufadas feito balão. Eram minhas colegas de audição, a professora disse, apresentando-as. Elas então se abaixaram para brincar comigo, perguntando o que eu ia tocar, e quando respondi, todas riram, e beliscaram minha bochecha, e passaram a mão no meu rabo-de-cavalo, me chamando de fofa. A professora sentou, mas se levantava a todo momento, tirava um lenço da bolsa e passava-o na boca, e voltava a guardá-lo, dizendo tudo bem, tudo bem. Depois contou que estava suando e me mostrou o braço, mas eu não vi nada, ela então falou que já que todos haviam chegado ela diria umas palavras e, em seguida, me chamaria ao palco. Que eu ficasse atenta. E apontou para onde eu deveria entrar. Em seguida se benzeu e saiu andando por um corredor, se sacudindo e passando as mãos no cabelo. Logo depois escutei meu nome, e as moças me mandaram ir atrás da professora; assim que me vi no palco, ao lado dela, ouvi o assobio de mamãe, procurei-a, mas não enxergava onde ela podia estar. Nesse instante, escutei a voz da professora dizendo que eu interpretaria Cai cai balão.

Fui direto para o piano, que já estava de tampa aberta, e logo que me sentei pus os dedos nas teclas, mas não sei o que aconteceu que esqueci como a música começava. E também como acabava. De repente, escutei a professora cantarolar Cai cai balão baixinho lá dentro, acompanhada das moças; na platéia umas pessoas começaram a rir, e meu irmão chutava os pés da cadeira. Eu sei como ele ri. Abaixei a cabeça e escondi meu rosto entre os braços, então senti alguém sentando ao meu lado e dizendo vamos. Aí a música voltou para os meus dedos, e a professora e eu tocamos muitas vezes Cai cai balão; a platéia aplaudia, e mamãe assobiava sem parar. No final, a professora mandou que eu ficasse ali, em pé, no proscênio, ela disse, para os agradecimentos. Fiquei na frente de todo mundo. As pessoas continuavam a aplaudir, menos meu irmão, que batia com os pés na cadeira, vermelho, rindo. Então, dali mesmo onde eu estava, vi minha mãe, e, olhando pra ela, eu disse que não queria mais ser concertista, e as pessoas riram alto, se sacudindo nas cadeiras, e meu irmão se jogou para os lados, quase caindo de tanto rir. Mamãe tentou se levantar, mas papai segurou o braço dela, depois ele escorregou na cadeira desaparecendo, ela então ficou gesticulando, e eu continuei ali, esperando a professora vir me buscar. Olhei para o lado pra ver se ela vinha, e as moças sopraram que a professora estava no banheiro. As risadas então aumentaram. E teve até grito.

Minha irmã

Mamãe pediu para eu tomar conta de minha irmã porque precisava dar um pulo no banco. A gerente tinha ligado dizendo que ela não deixasse de passar por lá.

— Ainda vou processar seu pai — disse, procurando a bolsa. — Se ele acha que as coisas vão continuar assim, está muito enganado. É esperar para ver. Minha vida é um puta saco! — disse ainda, e bateu a porta de casa.

Tive que ficar com Júlia. Assim que mamãe foi embora, minha irmã apareceu na minha frente, descabelada e com uma boneca suja no colo. Resolvi contar uma história para a chatinha.

Sabia que um dia eu fiz uma viagem do cacete? Ela estava distraída, tirando a casca de um machucado. Pára de se futucar, garota... não viu que eu falei com você?... Presta atenção: montei na árvore que fica na esquina da nossa rua — aquela enorme, sabe qual é? —, apontei a raiz para o céu, toquei fogo na parte de trás, e ela saiu voando. Enquanto eu me preparava para pilotar, ela deslizou ladeira abaixo, e eu rapidamente comecei a dirigir fazendo a mudança no galho que estava na altura do meu pé. Júlia me chamou de mentiroso e disse que ia contar tudo pra mamãe. Conta, pode contar... Continuei: Sobrevoei toda a rua e, logo que cheguei lá embaixo, decolei. Fecha a boca!, eu disse, e ela tomou um susto, mas fechou a boca. Foi então que começou a longa viagem céu afora... Não quero ficar aqui!, Júlia me interrompeu, batendo com o pé no chão. Ridícula, de sandália de salto. Então eu falei que ela ia gostar do que eu ia contar, tinha fada, anjo, uma porção de porcarias do céu, e ela desistiu de ir embora. Ainda bem que eu tinha levado a máquina fotográfica a tiracolo, continuei, pena eu não ter uma câmera com lente telescópica! Mas papai vai me dar uma de Natal. Ventava pra caramba quando entrei no espaço, cada um dos meus olhos revirou para um lado — Júlia brincava com os dedos — e meus dentes trincaram, eu disse, alto, e ela voltou a olhar pra mim; a árvore zunia feito um foguete, cada vez mais para o alto, subindo mais e mais, e nos momentos em que ela ameaçava falhar eu voltava a tocar fogo na parte detrás dela. Para isso eu também tinha levado meu isqueiro. Lembra do dia que eu taquei fogo no rolo de algodão do banheiro?, hein? lembra? Foi com ele. Não lembra de nada, é uma desmemoriada. E lá fui eu, furando nuvem, tomando chuva, desviando dos raios, quando resolvi olhar pra trás e vi uma bola de gude azul na escuridão. Quer jogar bola de gude no céu, hein, quer? Não pode, porque você é uma menina, argh! Vou contar pra mamãe que você me chamou de argue, a bostinha disse. Sabe o que era a bola de gude, hein?, sabe? Balançou a cabeça mostrando que não sabia. A Terra!, eu disse, sacudindo a cabeça dela. Me larga!, ela gritou. Não sabe brincar não, é, burrinha? Continuei: E todo mundo tinha sido varrido da Terra... Não tinha sobrado ninguém. Meninas então, foram as primeiras a desaparecer. Júlia espremeu os olhos. Depois disse que não queria mais ficar ali. Que queria mamãe. Falei que mamãe tinha ido ao banco dar uns esporros, já voltava; e a história estava quase acabando, e se ela saísse dali eu nunca mais ia brincar com ela, ser pai das bonecas. Um saco!, ficar horas sentado fingindo ler jornal! Ela então continuou na minha frente. E a árvore continuou voando, dando rasantes pelo céu afora, eu contava, gesticulando. Cometas, estrelas e anjos — ela arregalou os olhos — passavam por nós em disparada. Para onde o anjo foi?, perguntou. Mudou de rota, respondi. Hein? Mudou de caminho! Aí ela entendeu e disse que queria um anjo pra tomar conta da boneca dela. E riu. Toda desdentada... Um horror! Me empresta aí essa boneca!, eu disse. Ela se abraçou com a boneca. Tô mandando, vai... anda! O que você vai fazer?, perguntou, apertando a boneca no colo. Ver se tem xereca, respondi. Ela tapou a boca com as mãos, depois de me entregar a boneca. Toma de volta esta porcaria, eu disse, e joguei a boneca em cima dela. E continuei a história: Já havia muito tempo eu estava no espaço, quando, de repente, surgiu um ciclone. Um puta ciclone! Sabe o que é? Hein? Ela olhava para os pés, siderada no movimento de levantar e baixar os dedos. Estou falando com você, burrinha, eu disse, alto. Júlia se assustou e me olhou. É uma puta tempestade, pior que furacão! Vou dizer pra mamãe que você tá falando palavrão. Pode dizer. Diz... Ela também fala. Presta atenção na história! Júlia estremeceu e depois enfiou o dedo no nariz. O ciclone tem um olho e enxerga tudo com ele. Vê até você tirando meleca! Que era o que ela fazia naquele momento. Vou falar pra mamãe que você tá gritando... Fala! Burra! Chata! Raquítica!... Seu olho se encheu de água, e eu disse que se ela começasse a chorar dava um cascudo nela. E que o meu cascudo doía pra caralho. Júlia escondeu o rosto nos braços. Olha pra mim!, mandei. Olhou, com olhos molhados e arregalados. Continuei, a jato: Aí, não deu pra continuar a viagem por causa da velocidade dos ventos, eles me sacudiam, me reviravam, deixando um rastro de folhas no céu, mas mesmo assim eu não caí. Dei uma guinada com a árvore e comecei a fazer uma curva, senão estava arriscado a pousar no deserto, em cima de um camelo. Ri. Júlia estava emburrada. Depois, tive que freá-la nos ares, e logo em seguida a árvore começou a fazer um movimento de rotação. Sabe o que é isso?, perguntei, ela mexia na boneca. Não sabe nada. Mesmo se você quisesse não podia fazer o que eu fiz, o céu não é lugar para mulheres. Vão todas para o inferno. E ficam chorando. A maioria desmaia. Júlia disse que mamãe ia me bater e tapou a cara com a boneca. Fui em frente: A chegada é um momento difícil, mas depois de várias manobras tomei o caminho de volta; liguei o motor principal para descer perto de casa — tem que ter força!, e apontei para o meu muque —, e depois de horas sobrevoando a cidade, fui arremessado na Terra.

    Júlia virou as costas, dizendo que estava na hora de dar de mamar para a boneca.

    Papai diz que minha irmã é louca. Muito louca.

As sombras

Papai e mamãe apareceram no meu quarto vestidos de festa. Depois do beijo atirado no ar, desligaram a televisão e, antes de saírem, mamãe disse que Jurema estava em casa. Papai continuou a frase de mamãe, dizendo que eu podia chamar a empregada no quarto dela, caso houvesse necessidade. Mas eu não queria conversar com Jurema porque ela podia me contar de novo que tinha perdido todos os filhos, na barriga. Como tinha perdido se eles estavam dentro da barriga dela? E como eles foram para o céu? Também não podia perguntar porque ela ia se acabar de chorar. Quando me contou fungou o tempo todo. Ela nem viu a cara dos filhos. Nem tirou retrato. Acho horrível pensar na parte de dentro da barriga de Jurema. Logo que meus pais desligaram a televisão e foram embora, ficou tão escuro dentro do quarto que eu não enxergava nem meus dedos. Foi então que escutei batidas na porta.

— Quem é? — perguntei, enquanto sentia escorrer xixi na minha calcinha.

Era a voz de Jurema dizendo que se eu precisasse de alguma coisa ela estava no quarto. Tá bem, respondi. Depois, apertei bem os olhos e contei um monte de cabritinho, mas não consegui dormir; então me levantei e saí andando no escuro, com as mãos na frente até encontrar a tomada e acender a luz. Iluminado, meu quarto estava igual ao que era. Fui espiar pela janela. Abri a cortina e olhei lá pra baixo. A rua estava escura e tinha um cachorro mordendo a pata e chorando, em seguida apareceu um homem tropeçando e falando sozinho. Do outro lado da rua uma luz se apagou num dos apartamentos e deixou um homem preto na janela. Devia ser a sombra dele que continuava espiando. À noite, as sombras se soltam da gente, minha prima disse. Parece que elas ficam boiando de um lado para o outro. Umas se sentam, outras não. Mas nenhuma dorme. Ainda estava com vontade de fazer xixi, mas não queria ir ao banheiro porque fica longe do meu quarto e no corredor tem muitas sombras que eu não sei de quem são. Uma vez minha prima contou que foi ao banheiro e não pôde fazer xixi porque tinha uma sombra sentada na privada. E a sombra riu dela. E minha prima ficou com medo que depois do xixi ela voasse pro quarto e deitasse na cama antes dela. Nada acaba com as sombras, nem *spray*, ela disse. Não quis mais olhar pela janela. Fui brincar com as bonecas, peguei todas no colo, mas não sei o que aconteceu que elas caíam, molengas. Pus todas no lugar outra vez, apaguei a luz e voltei pra cama. Pensei em chamar Jurema, mas fiquei com medo. O que será que tem dentro da barriga da Jurema? No meu colégio uma menina teve uma cobra na barriga. A mãe dela contou que era uma cobra enorme, depois a menina disse que a cobra saiu fumando. Contei pra mamãe e ela disse que a menina tinha mentido. E que isso era muito feio. Eu já menti muito, mas nunca mentira de cobra. Resolvi me levantar de novo, pra trocar a calcinha, que tinha ficado molhada. Acendi a luz e fiz tudo depressa, depois voltei a apagar a luz e a andar feito cega, até dar uma topada e encontrar minha cama, e me deitar, e me cobrir, e apertar os olhos — até saíram umas lágrimas —, e quase esganar o pescoço do meu urso de pelúcia, quando voltei a escutar batidas na porta.

— Já dormiu?

Voltei a ouvir a voz de Jurema.

— Mais ou menos — eu disse.

— Fiz pão de queijo, quer?

Mamãe ia brigar com ela. Corri pra abrir a porta. O cabelo de Jurema estava cheio de trancinha e de laço de fita colorida, ela devia ter se penteado até aquela hora. Perguntei como ia lavar a cabeça depois. Ela disse que às vezes ficava semanas com as mesmas trancinhas. Quase falei que era porcaria.

Fomos, as duas, para a cozinha. Na passagem não vi nenhuma sombra, quando elas aparecem, correm em cima da gente, minha prima disse. Disse também que são horrorosas, nenhuma tem dente, e que gostam muito de mexer com a boca. Parece que quando elas riem abrem toda a boca como se estivessem gritando, e só se enxerga um túnel escuro, que não acaba mais. Sombra não tem costas, minha prima também disse, só tem a parte da frente, porque quando elas se soltam têm pressa, e aí esquecem a parte de trás. Jurema perguntou por que eu estava calada. Perguntei se ela conhecia as sombras.

— Que é isso, garota? — e se virou, balançando a cabeça, e as trancinhas não se mexeram.

Quando chegamos na cozinha, sentei no banquinho, Jurema então abriu o microondas e pegou um prato cheio de pão de queijo, que pôs na minha frente; depois, pegou duas latinhas de Coca-Cola na geladeira.

— Sempre quis tanto ter uma filhinha... — ela disse, entortando o pescoço, os olhos brilhantes.

Achei que ela ia começar a falar nos bebês perdidos na barriga.

— Um dia você vai ter — eu disse.
— Você acha?
— Acho.
— Por quê?
— Porque todo mundo tem.
— Tem gente que não tem.
— Então você pega um pra você, pronto.

Eu queria ficar comendo e Jurema queria conversar. Então resolvi mudar de assunto.

— Sabe que eu vou ganhar uma boneca nova?
— Um bebê?

Olhei para Jurema, ela torcia as mãos e a boca. — Olha aí o pão de queijo... — eu disse.

Continuei comendo e tomando Coca-Cola, olhando para os meus dedos. Quando voltei a olhar para Jurema ela estava chorando e enxugando as lágrimas na palma das mãos, sacudindo-as depois. Eu tinha certeza que ela ia falar nos bebês. Dos filhos da barriga. Tomando um gole de Coca-Cola e, arrotando em seguida, ela disse que era muito infeliz. Putamente infeliz, disse. Era a pessoa mais infeliz da família dela e de todo o Nordeste. Que sua mãe vivia fazendo promessa pra ela ter um bebê, mas não adiantava, e Jurema bateu na mesa com a mão fechada. A mãe não recebia mais sinal do céu, ela contava. Tinha pedido tanta coisa que ninguém mais a atendia. E cansa ficar ajoelhada, a mãe dela dissera. E ela, Jurema, era uma cabra sem jeito. Peste mesmo. Cabra? Que era a única coisa que ela queria que acontecesse na vida dela. Podia trepar à vontade que não adiantava. Já tinha até trepado em árvore, e o cara quase caiu lá de cima. Eu ri. Jurema então disse que eu era muito criança para entender conversa de cama. Que era besteira contar essas coisas pra mim. Que ela era uma burrona mesmo. O que ela podia fazer?, se perguntava, olhando pra parede e puxando as trancinhas. Brigar com Jesus? Xingá-lo?

Deus castiga!, rebenta minha alma no chão do inferno, disse e assoou no guardanapo de papel e ele se rasgou, e ela ficou olhando para os fiapos, então eu falei que se ela quisesse eu podia ser um pouco filha dela, assim, quando mamãe saísse. E em vez de Jurema ficar contente, ela chorou, se enxugando na barra do uniforme. Depois disse que achava que ia ter um ataque. E soltou uns gritos. O telefone tocou, atendi no aparelho que ficava na cozinha. Era a vizinha, perguntando se havia alguém parindo na minha casa. Hein?, perguntei também. Seus pais saem e largam você sozinha, é?, a mulher disse e desligou, dizendo que não dava trela pra criança. Trela? Jurema perguntou quem era. Contei que tinha sido a vizinha. O que ela queria?, quis saber. Repeti o que tinha escutado. Jurema então soltou outros gritos, acompanhados de socos na mesa e chutes no ar. Pensei em ir para o quarto, mas não queria passar pelo corredor. As sombras não dormem nem morrem, minha prima disse. Ela já viu uma num precipício. Vivinha. Fiquei com a mão cansada de fazer carinho na cabeça de Jurema.

O gato

— Traz uma Coca aí, moço.
— Aqui não se permitem animais, garota.
— Que animais?
— O gato que está no seu colo.
— Ele tá morto.
— Muito menos morto!
— Ele não tá fazendo nada.
— Miou! Não está morto coisa nenhuma...
— Tá muito morto. Levou um bico do meu pai hoje de manhã. Ele acordou e chutou. Nem precisou de levantar. Todo mundo gritou, mas o gato não deu um mio. Fechou os olhos, depois ficou com as pestana dura assim, pega só pra você ver...
— Olha! Ele foi pro chão!
— Não, caiu porque eu não segurei direito. Vou pegar.
— Que gracinha de gatinho... Posso fazer um carinho nele?
— Põe o dedo embaixo do focinho... não tem nem um arzinho, viu? Acabou de morrer hoje cedo. De chute.
— Ai, que horror...

— A moça foi embora, viu, garota? Já está espantando freguês, pode ir se levantando!

— Não posso.

— Por quê?

— Porque o gato tá no meu colo.

— Vou chamar o gerente.

— Então traz a Coca-Cola.

— A menina vai ter que sair e levar o gato.

— Que gato?

— Tinha um gato aqui ou não tinha, Manoel?...

— Cadê o bicho? O gerente está perguntando, garota!

— Guardei na mochila. Tá vendo ela? Jogaram ela fora e eu apanhei. Roubei não, tá? Novinha, né?

— Não pode.

— O quê que não pode?

— No estabelecimento não se permite a entrada de animais. Ponha a mochila lá fora!

— O gerente está falando com você, menina!

— O gato não está no estabelecimento.

— Não admito retrucos.

— Que é isso? Tá brincando? O senhor brinca com sua filha? Só bate, né? Dá correada nela...

— Ponham-se daqui pra fora, você e o gato. Não tenho que lhe dar ensinamentos.

— E aquele gato na porta?

— É da casa.

— Meu gato também.

— Se não se levantar agora chamo a polícia.

— O senhor espanca sua filha, né? De vara, né?

— Qual o incidente?

— Seu guarda, no recinto não é permitido animais.

— Não é animais, é um gato, e ele não fez nada, porque meu pai matou ele hoje cedo. Antes de tomar cachaça. Não tava nem bebo. Minha mãe que falou, depois que ele matou. Que ele já acordava na vingança.

— Estou a falar, garota, não se intrometa. Ela trouxe um gato pra dentro do bar e nem sabemos se está vivo ou morto. E a casa não permite a entrada de animais...

— Tá morto, já disse, e que foi meu pai que matou. Pode perguntar lá. Ele já matou uma porção. Ele gosta de matar gato. Nunca errou um chute. Ele disse que quando voltasse ia farejar a casa toda, se encontrasse o gato, que ele surrava nós, de cinto. Ia começar pela minha mãe. Que ele gosta de espancar ela. Teve uma vez...

— Chega, menina, dá o fora!

— Seu guarda, eles implica comigo, não deixa eu largar o gato em lugar nenhum... Até no lixo o mendigo brigou, porque disse que tinha comida boa lá dentro. Correu comigo de lá. O gato tá na mochila, quer ver? Mortinho...

— Ela está a mentir, senhor guarda, porque eu cheguei a escutar o bicho miar...

— Acho melhor você ir andando.

— Não bebi a Coca-Cola, seu guarda...

— Vamos.

— Pra que lado o senhor vai?

— Pegar a direita.

— Tchau!

— Você de novo, garota?

— Traz a Coca aí, moço...

— Onde está o gato?

— Que gato?

— Não estou para brincadeira.
— Tô com sede.
— Vou chamar o gerente!
— Pede pra ele trazer a Coca-Cola.
— Menina, onde está o gato?
— Responde ao gerente!
— Não posso.
— Por quê?
— Tô com dor de garganta.
— Não estou para gracejos, vamos, responde!
— Tá doendo. Pode trazer a Coca?
— Traz, Manoel, traz.
— Pronto, aqui está, garota. E o dinheiro?
— Toma.
— Se afasta, menina, vai... não está vendo que a freguesa está querendo passar?...
— Que grito foi esse, Manoel?
— Não sei, patrão.
— A mulher está a gritar que tem um rato morto no banheiro!

A coroa

— Vamos terminar, Luiza, não dá mais. Cansei de andar sem poder olhar para os lados, vivo com o pescoço duro, com um torcicolo permanente, o médico disse. Não adianta nada fazer fisioterapia... O pessoal lá em casa nem desconfia por que fiquei nesse estado. Estou assim há um ano, chega! Só vejo as coisas quando estou sem você...

— Tá apaixonado por outra, né? Pode falar. Fala!

— Queria tanto que você entendesse...

— Entender o quê?... Que você não gosta mais de mim?...

— Não é isso, não é...

— Eu sabia que ia acontecer, que você ia terminar, eu sabia, eu sei, eu sinto... já tinha até chorado hoje de manhã... Bem que minha mãe falou que eu não via as cores da realidade. Lembra quantas vezes eu perguntei se estava tudo bem? Hein? E você dizia que estava tudo bem, tudo bem, tudo bem porra nenhuma! Tenho uma intuição que puta que me pariu! Quem é?, diz! Fala! É a vira-lata da tua prima?

— Prima?...

— Aquela que você diz que é prima.
— Soninha?
— Ela mesma.
— Mas ela é minha prima, e é uma garota.
— E eu sou o quê, cancro?
— Que palavra é essa, Luiza?
— Fala logo, anda!
— É o seu ciúme, Luiza, não agüento mais seu ciúme, até com a cachorra você cisma. Não me abraça, olha aí... molhou a manga da camisa...
— Devia ter molhado e rasgado. Não sei por que que eu não morro agora! Por que eu não morro!?
— Pára de bater com a mão no muro, você vai se machucar...
— Quero morrer, Felipe. Quero morrer na sua cama, abraçada com você, só nós dois...
— Não diz besteira, e pára de arrancar os cílios!
— A pestana é minha, arranco quantos quiser! Que desgraça é a minha vida! Mas que porra de merda de desgraça é a minha vida...
— Vai ficar sem enxergar.
— E daí? Qual o problema?
— Vem, vou te deixar em casa.
— Não vou pra casa. Me larga!
— Pra onde você vai?
— Não é da sua conta.
— Diz, Luiza.
— Pro cemitério. Sempre gostei de passear por lá. Não tá acreditando, né? É bom, pra eu ir me acostumando. Você não sabe nada da minha vida, garoto... Um dia uma cigana leu minha mão e disse que eu ia morrer cedo, sabia? Na flor da idade. Verdade. Falou assim mesmo. Pode perguntar pra minha mãe. To-

das as noites eu escuto uma voz me chamar: Lu-iiiiii-za... Teve uma vez que eu respondi à alma pelada.

— Penada.

— E não me conserta que você não é mais nada meu! Errei porque quis! E você não manda na minha boca!

— Tá bem, desculpe.

— Tá bem, nada! E não aceito desculpa porra nenhuma! Deixa eu falar! Quero escolher o lugar onde vou ser enterrada. Lá no alto do morro, debaixo de uma árvore cheia de passarinho, pra eles cagarem em mim. Já estou acostumada.

— Não puxa esses fios...

— Não está doendo, e você não tem nada com isso. Você não tem mais nada a ver com a minha vida! Está entendendo? Nada! Depois vai ser o olho. Vou arrancar a lente também. Não preciso mais dessas coisas.

— Vamos embora.

— Me larga, porra!

— Vem!

— Pára de me pegar! Olha que o braço sai na sua mão...

— As pessoas estão olhando, vem.

— E daí? Tô cagando...

— Vamos, Luiza.

— Sai, larga meu braço, não me segura! Você disse que não gostava mais de mim...

— Eu não disse isso.

— Disse! E por que você falou que tremeu quando me viu pela primeira vez? Hein, réptil? Tudo mentira, né? Tava a fim de me enrolar. O que você fez esse tempo todo, né?

— Réptil?

— Responde, vai!

— Porque foi verdade.

— E agora não treme mais?

— Estamos juntos há um ano.
— Um ano e dezessete dias. Mas e aí, fala! Parou de tremer?
— Pára você de chorar...
— Responde sobre a tremedeira, anda!
— A gente se acostuma.
— A gente se acostuma. Pena que eu não vim com a minha trança postiça pra poder me enforcar. Ninguém gosta de ninguém... A vida é uma cagada mesmo!
— Eu sei que você não queria terminar, que não era isso que você queria, que está chateada...
— Minha vida acabou, cara. Muito simples. Tem um canivete aí?
— Pra quê?
— Não é da sua conta. Tem?
— O que você vai fazer?
— Vai querer que eu morra com seu nome grudado na perna?
— Vem, Luiza, vem.
— Já disse que vou ficar, vai você se quiser. Tem fumo aí?
— Não, e estamos no meio da rua.
— E daí, o que você tem com isso?
— Vamos, eu te deixo em casa, vem...
— Não vou porcaria nenhuma! Vai, cara! Vai, sai, vai!
— Luiza.
— Sai, me deixa, não é o que você quer?
— Está bem, mais tarde a gente se fala.
— Falar o quê? Não tenho mais nada pra falar. E não levo papo com falsário.
— Quê?...
— Isso mesmo que você escutou.
— Pára um pouco e pensa, Luiza.
— Pára um pouco e pensa...
— Por que está dizendo essas coisas?

— O quê?

— O que você está fazendo, garota?? Enfiando chiclete no ouvido?!

— Hein?

— Tira! Depois você não consegue tirar!

— Larga minha orelha, porra!

— Está juntando gente, vamos embora...

— Não me empurra, sai! Saaaaaai...

— Não estou te empurrando, pus a mão nas suas costas.

— Não toca mais em mim! Já disse!

— Vem!

— Não fala comigo nem olha mais pra minha cara. Nunca mais, tá me entendendo? E não anda perto de mim... chega pra lá... vai!, pra lá... mais... mais!

— Que cara é essa, Felipe? Brigou com a namorada, não é? Vocês vivem assim. Não dá certo, meu filho, ela é muito garota pra você... Ouviu, Felipe? Estou falando com você, me responde, volta aqui... Não vai se trancar, hein? Preciso de sua ajuda pra tirar aquele móvel da sala. Escutou, Felipe? O que aconteceu? Diz, meu filho...

— Nada.

— Nada. O interfone está tocando, deixa eu ir lá atender.

— Era o porteiro dizendo que deixaram uma coroa pra você! Ouviu, Felipe? Hein? Abre a porta, meu filho!

O profeta

Pedi tanto à mamãe que ela concordou que eu fosse ver o profeta. O cara que olha para as nuvens e adivinha o que vai acontecer. Uma vez, quando papai pôs a mala na porta de casa, mamãe saiu espavorida, esbarrando no que encontrava pela frente, para consultar o profeta. Ao voltar, meu pai tinha retirado a mala de lá, passando a amá-la muito mais, ela contou. Perguntei o que o profeta tinha dito. Respondeu que repetiria apenas o final:

— "O reino é seu!" Não é uma maravilha? — disse, tentando pôr o cabelo atrás da orelha.

Nesse instante, contei para ela que estava com um problema. Meu namorado queria me dar um balão. Eu precisava ver o profeta. Mamãe então me pediu um tempo, e fechou os olhos apertando-os com os dedos. E assim ficou, com a cabeça recostada no sofá. Fiquei ao seu lado, esperando. Ao voltar a abrir os olhos, ela me mandou buscar a pomada japonesa. Uma dor de cabeça se anunciava, ela disse. Depois de esfregar a pomada na testa, várias vezes, mamãe disse que, apesar do que eu tinha dito, e que a mobilizara intensamente, me achava muito jovem para uma consulta. Uma criança, ainda. Existem mensagens que não são alegres, além do mais eu não tinha uma aura radiante, podia resvalar num abismo e perder de vista meu olho interior. E alegou meu pouco equilíbrio em virtude da velocidade das minhas ondas cerebrais. Então eu chorei, me joguei no chão, bati com a cabeça na parede, e ela — acendendo um incenso — disse que mandaria uma mensagem para ele. Perguntei por que não telefonava. Profetas usam no telefone, respondeu. Lidam apenas com visões e energias. Achei bacana as visões.

Dias depois, mamãe avisou que o profeta tinha captado a mensagem e que eu iria vê-lo. E achava até bom que eu fosse, porque se alterara consideravelmente o nível de energia dentro de casa. A freqüência vibratória andava altíssima. A máquina de lavar já caminhava pela área. Eu não devia estar bem. Os jovens eram mais atingidos pelo invisível do que os gatos, bastava observar, comentou. Mas voltando à consulta, ela já tinha dado o endereço do morro para o motorista.

— O profeta é pobre? — perguntei.

— Todos são pobres até vislumbrarem a luz única e mediúnica.

Demoramos para chegar ao alto do morro onde morava o profeta porque tivemos que subir a pé. Durante a subida nos perdemos várias vezes e tivemos que passar por dentro da casa de algumas pessoas. "Tem que ter muita cabeça pra morar no morro", disse o motorista, bufando atrás de mim. Continuei a subida, tropeçando, escorregando, e acabei levando um tombo e ralando o joelho. Quando, finalmente, chegamos. Seu Aurélio arriou na primeira pedra que encontrou. Apesar de suja e manca, eu estava feliz. Logo iria me encontrar com o profeta. Mal tinha acabado de pensar nele, sua figura surgiu no alto do morro. Saia comprida, turbante na cabeça, descalço, acenava para que eu continuasse a subir. Fui andando até ele voltar a acenar mandando que eu parasse. Meu joelho ardia, mas eu não ia gritar naquele momento; escutei a voz do profeta:

— Que seja de paz a sua vinda!

— É, é de paz! — eu disse, e achei que ele tinha pensado no morro e em seus moradores.

Aí, então, contei por que estava lá. Ele ficou em silêncio, me ouvindo, contemplando o horizonte. Depois, voltando a cabeça para o alto, e pondo as mãos sobre os olhos, consultou as nuvens, como mamãe tinha contado.

— Traze-me um pouco d'água...

Se dirigiu a mim, apontando uma moringa.

— Posso beber também? — perguntei.

— Da botija a água não faltará.

Entendi que tinha deixado.

— Eis que o dia há de chegar — ele disse, assim que engoli a água.

— Já chegou, profeta. Meu namorado está a fim de outra garota.

Aproximando-se de onde eu estava, ele deu voltas ao meu redor. De repente, parou na minha frente e, levantando os olhos para catar nuvem, anunciou:

— Duras novas.

— Dura pra cacete, o senhor nem imagina...

— Não o tenhas por culpável, bem sabes o que hás de fazer.

— Ele não é culpado?

— Há rapazes escandalosos na Terra. Alivia o pesado jugo e eu te servirei.

— Foi um escândalo mesmo o que ele fez...

— Ore à face do Senhor e volte no terceiro dia.

E o profeta desapareceu. Achei então que tinha acabado. E

qual seria o terceiro dia? Esqueci de perguntar. Fui avisar ao motorista que tínhamos que ir embora. Ele se levantou e, mirando morro abaixo, disse que passaríamos por tudo outra vez.

— Que Jesus olhe por nós!

Seu Aurélio é crente.

Quando cheguei em casa, mamãe me esperava para que eu fizesse o relato completo da consulta. Contei sobre a subida, dizendo que tínhamos nos perdido, e mostrei o joelho rebentado. Sugando os dentes — ela sente aflição de machucados —, disse:

— Tudo cosmicamente planejado!

Em seguida, comunicou que havia brisas ao redor. Se eu não sentia o frescor, perguntou. Não, nada, respondi. Sinais dos espíritos, que devem estar loucos para participar da conversa, explicou, virando um copo de cerveja. Mal comecei a contar, mamãe me interrompeu:

— Nem precisa continuar... tenho um sexto sentido louco, você sabe. No nível mental eu vejo tudo! Previ até a morte do seu cachorro, lembra? Meu centro de visão mediúnica é ativíssimo, percebo até a fímbria das almas. Subo até esse detalhe. É difícil, mas eu chego lá. Os espíritos oferecem milagres na vida... Sei tudo o que se passou. Entrei na mesma vibração. Cheguei a tremelicar aqui dentro de casa. Ele é maravilhoso, não é, minha filha? Você não esperava tanto assim, não é mesmo? Que captação ele teve da sua aura magnética, que acertada que ele deu com você... Revelação atrás de revelação! Maravilha! Pega lá outra cerveja pra mim...

Meu pai

Um tumulto na nossa casa, como quase todos os dias. Depois do café, papai entrou no banheiro, e, quando isso acontece, qualquer um pode se contorcer à vontade de dor de barriga porque a porta só será aberta uma hora depois. Depois que ele lê os jornais e recorta os anúncios. (Mamãe acha que ele continua achando insuportável a vida de casado.) Ainda bem que existe o banheirinho debaixo da escada.

Na nossa casa o banheiro social fica sobre a cozinha. Não se descobriu ainda por quê, ao se abrir a torneira quente da pia da cozinha some a água fria do chuveiro. Nesse momento, era o que acontecia, sob os gritos de papai no andar de cima. Ele já havia tomado providências (como gostava de dizer), e uma delas, que considerava infalível, tinha sido amarrar totalmente a bica da cozinha diante dos olhos fixos da empregada.

Hoje, correndo escada abaixo, com a toalha enrolada na cintura, cabelo pingando, vergões vermelhos no peito, que apontava enquanto saltava os degraus, papai apareceu com tal ímpeto na porta da cozinha que a moça que areava uma frigideira jogou-a dentro da pia e saiu esbaforida.

Pouco depois, ele gritou pelas cuecas, e mamãe subiu rápido a escada para levá-las. Em seguida, eles se fecharam no quarto. É sempre o momento em que ela pede dinheiro e eles brigam. De repente, outra vez barulho de pés nos degraus da escada. Era ele descendo, e mamãe atrás, dizendo que a vida está muito cara, meu bem. Papai foi direto pegar o carro, bem vestido e perfumado, sem se despedir de ninguém. Na passagem, tropeçou no cachorro, e disse merda! Mamãe acompanhou-o até a porta e tentou abraçá-lo, mas acho que beijou a ombreira do paletó.

O dia se passou sem que houvesse sinal do meu pai. Às sete da noite ele ainda não tinha voltado. Estavam todos preocupados porque ele saíra de carro e não sabe dirigir. Não conseguiu aprender. Às vezes sobe duas rodas sobre a calçada, e da última vez pegou um ciclista; e se aborreceu muito porque o homem pedalava na sua frente. Mamãe estranhava, porque sempre que ele ia se atrasar, avisava. Nesse instante, ela mandou que eu ligasse para os amigos dele, e todos disseram o mesmo: não sabiam do meu pai. Num dos telefonemas, a mulher com quem falei disse para mamãe procurá-lo dentro da bolsa. Quando desliguei, mamãe perguntou o que haviam dito. Respondi que eu não tinha entendido. Ela ficou me olhando, mas não me mandou fazer mais nada; foi regar as samambaias. Regou tanto, que deixou a varanda alagada.

Aqui em casa cada um acha uma coisa diferente sobre o desaparecimento do meu pai. Mamãe, catando as folhas secas de dentro do vaso de violetas, disse que preferia não se manifestar, em todo caso achava que ele tinha chegado a algum lugar. Outro dia mesmo ele acordou gritando o nome de uma mulher, ela disse, afastando o vasinho pelado de violetas. Minha tia chamou-o de pérfido. Minha avó, bordando em ponto de cruz, comentou que seu filho subira tanto na vida que ninguém o alcançava. Devia estar numa missão, continuou, e, nessas horas, tinha que tomar uísque com os estrangeiros e depois ficava desmemoriado. E meu tio, fechando o livro que estava nas mãos, soletrou: *traditione, praevaricatione.*

Resolvi perguntar a opinião dos meus irmãos. Estavam trancados no banheiro queimando uma lagartixa. Abriram uma fresta; o mais velho me mandou não encher o saco e o outro me deu um cascudo.

Fui perguntar ao meu avô, que está sempre dormindo, na mesma poltrona, com o jornal caído no colo. O cachorro também dormia, sei porque os pêlos dele se movimentavam. Sacudi o braço do meu avô e ele abriu os olhos. Perguntei por que meu pai não chegava em casa. Na rua tem muita gente, ele disse, e voltou a fechar os olhos.

As horas se passavam, e nada do meu pai. De vez em quando mamãe ia até o portão, espichava o olhar para uma esquina, depois para a outra, e voltava; na passagem, com as mãos trêmulas, trocava as plantas de lugar.

Queria tanto saber onde meu pai estava... De manhã, quando ele dorme, eu subo em sua cama e penteio seu cabelo com o pente que ele sempre esconde na gaveta da mesa-de-cabeceira; e meu pai fica tão bonito deitado no meu colo, até parece que a cabeça dele é o meu filhinho, então eu canto pra ele não acordar. Depois eu o penteio até seu cabelo ficar lisinho. Eu sei que meu pai vai voltar, que ele não foi embora. Tenho uma amiga que está sem pai faz um tempão. Ela vive perguntando por ele. Aí, então, a mãe dela chora. Não vai ser o caso do meu pai, porque mamãe contou que uma cartomante jurou que ela nunca ia ficar sem marido. E mamãe dizia que precisava urgentemente marcar outra consulta. Tirar a limpo essa história.

Nesse dia do sumiço, vovó contou que papai nasceu gritando tanto que acordou todos os cachorros. E eles uivavam com o focinho pra lua. O nosso e os dos vizinhos. Portanto, ela já sabia que ele seria famoso. Estava escrito na abóbada celeste. Os bichos viram. Contou também que uma amiga dela costumava olhar para os recém-nascidos e adivinhar o futuro: esse vai ser médico, dizia, esse, deixa eu ver... dentista! Esse outro... corretor! E que quando ela viu meu pai, exclamou: mas que homem célebre! E vovó jogava fora as lágrimas enquanto contava.

Nesse instante, ouvimos um barulho no portão, devia ser um cachorro se encostando pra se coçar. Papai diz que quando eles fazem assim estão tocando violino. Corri até lá e, quando cheguei na rua, vi meu pai tentando sair do carro. Depois de ter conseguido abrir a porta, ele passou por mim dizendo que fora comprar a nossa sepultura; lá sim, iria ter paz! E entrou em casa.

Hidroginástica

— Marcelo, ainda não te contei sobre a minha hidro.
— Eu já devia estar na cidade...
— Ouve, Marcelo.
— Que é?
— Quero te contar o que aconteceu na hidroginástica.
— Depois.
— É uma história curta.
— Fala.
— Você sabe que eu comecei a fazer hidroginástica, não sabe? Estava precisando, não é? Por causa do problema no joelho, além de outros baratinhos. Em horário livre. Porque eu nunca sei quando vou ter tempo. Com essa montanha de coisas que eu faço... Já conheço muita gente lá de dentro, a maioria velhos. Você nem imagina. Perto deles, Marcelo, sou uma sereia! Senta um instante, é horrível falar com uma pessoa andando.
— Estou organizando uns papéis pra levar.
— A história é bonita, escuta. No horário que eu tenho podido ir à hidroginástica, tem acontecido de eu encontrar um ca-

sal de velhos que quase sempre chega antes de mim. Devem acordar supercedo... Quando eu entro, vejo os dois sentadinhos no banco, lado a lado, observando cada um que passa pela borboleta. Porque a entrada lá é por uma borboleta, que, por sinal, vive enguiçada. Tão legal os dois, de maiô e de calção, sandália havaiana, sempre juntos, conversando, cuidadosos um com o outro, uma beleza, não é, Marcelo? Envelhecer assim vale a pena. E eles são muito velhos. Como dizem hoje em dia: idosos. Ela tem oitenta e seis anos e ele tem oitenta e nove!

— Como chegam lá?

— Andando. Devem morar perto, naquele edifício que tem uma porção de apartamentos, mas eles vão a pé. Sem bengala nem acompanhante. Sua mãe e a minha são mais moças e estão liquidadas, como diz você. E eles lá, ótimos. Sabe que é obrigatório o uso de touca pra entrar na piscina, não sabe? Porque o que os velhos perdem de cabelo é uma enormidade. Caem em pencas, e eles nem notam. A touca da velhinha é aquela de banho, sabe qual é? Muito fofa. Acho que nem se usa mais. Eu nunca mais vi. E a touca dele parece um solidéu. Não deve ser, claro, mas lembra.

— Vai demorar, Fátima?

— Espera. Ouve, é importante saber dessas coisas. Imagina que outro dia — acho que era sábado, dia de grupão, em que a piscina fica lotada — o velhinho deu um mergulho, se atrapalhou, e quase se afoga. De vez em quando ele inventa coisas. Bom, antes preciso dizer que ele se exibe um pouco pra mim. Oitenta e nove anos, Marcelo. Volta e meia ele mergulha. Deve gostar. Sendo que em nenhum exercício o aluno precisa mergulhar. Mas ele não quer saber. E a velhinha fica atenta, e nervosa, coitada, com o velho desaparecido no fundo da piscina. Parece que ela não sabe nadar. Deve ser horrível estar dentro d'água e não saber nadar, já pensou, Marcelo? Um sufoco, não é? Mas ela está lá, firme. E você sabe que quando acaba a aula ele atravessa a piscina num *crowl* legal? Depois sai todo contente. O velho é supermagro, já ela é gorda. Mas é uma gordinha leve, sabe como é? Ouvi dizer que só os magros envelhecem. Chegam à velhice. Sabia disso? Você já viu algum velho gordo? Me contaram, e, pensando bem, que eu me lembre, acho que nunca vi. Ah, lembrei! Meu avô materno era muito gordo. Viveu até os oitenta e cinco anos, e não fazia exercício, nem sei como conseguiu ir tão longe... Mas também minha avó cuidava dele superbem. Tinha até alimentação especial.

— Estou com pressa, Fátima.

— Estou quase acabando. Horrível contar uma história assim. Bem, mas na penúltima aula, acho que foi na penúltima, em que estávamos os três enfileirados na barra, batendo os pés, a velhinha chamou a professora. A moça continuou contando, sabe que eles dão aula contando, não sabe? Aí, ela contornou a borda e se abaixou para ouvir o que a velhinha queria dizer. Ela então, esticando o pescoço, e olhando fixo pra mim e pro marido, perguntou se podia namorar na piscina. A moça riu, mas não entendeu. E o velho se fez de desentendido. Não é incrível, Marcelo? Uma mulher daquela idade e ainda com ciúmes do marido? Ligada na relação? Não é uma história bonita? Que traz uma esperança?

— Hoje vou me atrasar pro jantar.

Conversa

— Mãe, quero falar com você...
— Estou fazendo a cama. Acho que essa moça não vem hoje. Segunda-feira, já viu, não é? Puxa a colcha aí desse lado, Marilda... Agora me passa o travesseiro que está na cadeira.
— Preciso falar com você antes de sair.
— Por que a pressa?
— Vem, mãe, um instante, por favor.
— O que é?
— Senta.
— O que é, Marilda?
— Você não vai brigar comigo?
— Não sei o que é... Fala logo. Calma, o telefone está tocando, e a secretária está desligada, tenho que atender. Hein? O que foi, Aristides? Hein!? Como foi acontecer uma coisa dessas? O direito ou o esquerdo? Vão te levar pro hospital? Vou, vou pra lá, claro. Seu pai caiu num buraco em frente ao escritório e machucou o braço. Aristides não está mais enxergando, estou falando... Diz, Marilda, você já viu que eu vou ter que sair...

— Bom, não sei se devia te falar agora, por causa do que aconteceu com papai...

— A porta da frente bateu ou foi impressão minha?

— Bateu. Deve ter sido o Fernando.

— Pela demora deve chegar péssimo. O que será que andou fazendo? Deixa eu ver, já volto.

— Ah, meu filho... Bebeu de novo, não é? Vai deitar, vai... E pede pra menina ir embora. Vai, minha filha, por favor, volta em outra hora. É só bater a porta. Sua noiva. Está bem, Fernando. Ela volta depois. Isso, vamos para o quarto. Não, aí é o banheiro. Vem, deita. Amanhã a gente conversa. Descansa agora, meu filho, dorme.

— O que é, Marilda? Fala logo que eu tenho que ir ver seu pai, depois tenho que dar uma passada na casa de sua avó, que me vê todos os dias e pergunta por que eu nunca vou à casa dela.

— Sabe o que é, mãe?... Acho que se eu contar você vai pensar que estou maluca, mas foi a coisa mais maravilhosa que aconteceu na minha vida...

— Está apaixonada.

— Demais!

— Até que enfim encontrou alguém. Finalmente uma boa notícia nesta casa!

— Mas você não vai gostar...

— Como, não vou gostar? Vem até o meu quarto, e vai contando enquanto eu me visto, seu pai está me esperando... Logo cedo e Aristides cai num buraco... Esqueci de perguntar pelos óculos dele. Devem ter quebrado. E aí, Marilda, ele é bonito?

— Muito.
— Humm... Louro ou moreno?
— Não sei.
— Como não sabe se o rapaz é louro ou moreno?
— É um homem.
— Melhor ainda, esses rapazes de hoje não querem nada. Onde você o conheceu?
— Na rua.
— Na rua?
— É.
— Espera, Marilda. Deixa eu ir ver se seu irmão dormiu.

— Pronto, continua. Como se chama o rapaz?
— Joaquim.
— E o que faz o Joaquim? Me ajuda, abotoa o sutiã. Engordei, viu? Foram aqueles pães de queijo. E aí, em que trabalha o Joaquim?
— Não trabalha.
— Como, não trabalha? É rico? Vive de renda?
— Já trabalhou.
— Cansou?
— Mais ou menos.
— Vê se acerta com o fecho deste colar sem me beliscar, presta atenção... Não sei por que comprei isto... É bonito, mas o fecho é vagabundo. E o homem é vagabundo, Marilda? Por que quem não trabalha não tem outro nome, não é? Deus, como seu pai deve estar nervoso! Mas como é que foi cair no buraco... E aí, Marilda, terminou? Está apaixonada pelo Joaquim, que conheceu na rua, e ele é vagabundo.
— Ele é tão triste, mãe... Você nem pode imaginar como ele sofreu.

— Vê se esta roupa está boa.

— Está. Ouviu o que eu falei?

— São todos assim, Marilda. Quando conheci seu pai ele era o sujeito mais infeliz do mundo. Fazia inclusive cara de infeliz. A primeira vez que saímos juntos ele fez questão de dizer que só tinha a mim no mundo. E a ninguém mais. Baniu o resto. O pior é que a gente acredita. É o que todos fazem, pra continuarmos ali, firmes, enquanto eles saracoteiam. Estou achando este sapato esquisito... Está combinando com o vestido?

— Está. Joaquim é pobre, mãe.

— Ah, mas que azar... Pobre é horrível! Mas você, hein, Marilda? É cada escolha... Pega minha bolsa lá no quarto, seu pai deve estar desesperado. E ainda vou ver se seu irmão dormiu mesmo. Todo dia isso, Deus.

— Joaquim não é moço, mãe.

— Isso é bom, taí uma coisa boa, homens mais velhos costumam ser maduros, tudo que uma mulher precisa. E chega de garoto, aquele Paulinho quase arrasou com todos nós... Seu pai não tinha sossego com aquele seu namoro, previa uma catástrofe, que, aliás, quase se concretizou. Aquele rapaz não agüentava você nem fisicamente, Marilda. Você é forte, dobrada. Nem sei a quem puxou. Hoje você vai entrar mais tarde no estágio, não é? Então me acompanha até o hospital, enquanto isso vai me contando sobre o Joaquim. Não precisa mudar de roupa, essa está boa. Estou com batom fora da boca? Me pintei tão rápido... Vamos sair, sem correr, olha a altura do salto da minha sandália... Faz sinal pro táxi. Meu cabelo está bom? Há dias não faço nada nele. Não vou de carro porque estacionar naquele lugar é um inferno. Pronto, o homem já nos viu. Deixa eu entrar primeiro, tranca a porta, Marilda, olha o assaltante. Agora fala do Joaquim. Ele já foi casado?

— Foi.
— Tem filho?
— Quatro filhos de duas ex-mulheres.
— Quatro, Marilda? E sem dinheiro? E as pensões? Hoje em dia se processa todo mundo. Até eu já fui parar no banco dos réus por causa daquela empregada, lembra? É tanta coisa. Como tem obra nesta rua... É um atravanco. Será que hoje é dia de feira por aqui? Mas esse motorista corre, hein? Jesus. Ele não está escutando, Marilda. Está com fone nos ouvidos. Duplo perigo. A corrida e a surdez. Felizmente estamos quase chegando. Como é difícil achar moeda dentro da bolsa... Fernando cata todas as de um real, as de cinqüenta centavos ele também gosta. Tenho tanto medo que Fernando morra antes de encontrar o rumo... Chi, esqueci o celular. Saímos tão rápido que eu tinha que deixar alguma coisa pra trás... Trouxe o seu, Marilda? Seu pai vai ficar contente de te ver, não estava te esperando. Segura a porta pra mim. Ai, Deus, quanto estresse... Acho que vou morrer. Ele deve estar na emergência. Vamos lá na recepção. Essas moças demoram a atender... Aquela ali está se aproximando... Deixa que eu falo, Marilda. Pronto, ela disse que vão averiguar. Hoje deu entrada muita gente, pediu para esperarmos. Vem, Marilda, vamos mofar ali naquelas cadeiras, ao lado do bebedouro. Tem café também. Quanta gente estropiada por aqui; não olha. Se você já estiver grávida a criança nasce com defeito. Mas e aí? Você está muito apaixonada, não é, minha filha, pra gostar de pobre com quatro filhos...
— Muito.
— Pois é, acontece de repente. A gente está distraída e a coisa nos pega. É um furacão louco. Uma devastação. A borracha do meu brinco está frouxa, aperta, mas não aperta com força, devagar... aí, pronto, está bom. Um dia seu pai me deixou de lóbulos roxos. Gostou das argolas? Estou estreando, pus antes da

notícia do tombo de seu pai. Agora estou de olho numa pulseira. De prata, toda trabalhada. Lembro que quando me apaixonei por Aristides foi uma loucura, queria fugir com ele, naquela época era moda, só conseguia enxergar seu pai na minha frente... Mas isso foi há muito tempo. Depois veio a realidade e seus tormentos.

— Joaquim é tão legal, mãe... Carinhoso, doce, bom, só não me dá presente porque não tem grana.

— Pobre, não é, Marilda? Por que ele não trabalha? Está com dificuldade de arranjar emprego?

— Já tentou, mas na idade dele é difícil.

— Quantos anos tem esse homem, Marilda? Seu celular está tocando... Atende.

— Era papai... Já está em casa. Perguntou se você estava chegando.

— Ô, meu Pai! Não sei como ainda não me acabei, sinceramente. Vamos embora, Marilda. Depois eu passo pra ver sua avó. Será que seu irmão já acordou? Fernando está a esmo, meu Deus. Ai, quase torci o pé nesse degrau... Me dá o braço, Marilda. Faz sinal pra aquele táxi ali... Ali! Rápido! Olha o assaltante! Calma, quase sentou em cima de mim... Diz nosso endereço para o motorista. E a idade do tal Joaquim, você ainda não disse...

— Cinqüenta e cinco, mas não parece, mãe, você precisa ver... Ele é superjovem...

— Jovem. Não sei o que acontece na minha vida, por Deus do céu, é um roldão desenfreado. Acho que estou por pouco. Presta atenção, Marilda: está sentindo algum cheiro em mim? Não, não é? Preciso comprar perfume, o meu está quase acabando.

Epitáfios

Era almoço de Páscoa, e, não se sabe por qual motivo, a conversa resvalou para epitáfios. A avó achava que o assunto viera à baila pela morte de Jesus na véspera. Antevéspera, corrigiu a tia, engolindo uma folha de agrião. Havia sofrido muito, muitíssimo mesmo, continuou a avó, no cadafalso. Na cruz, disse a tia, passando o guardanapo nos lábios. Tirando os óculos, a avó fixou os olhos na tia. E o assunto não prosseguiu.

Naquela família as comemorações quase sempre terminavam mal. Em todas as ocasiões em que eles se reuniam, se desentendiam, chegando ao desvario com facilidade, e, volta e meia, rompiam relações. Belicosos e imprevisíveis, se exasperavam por qualquer motivo. E quando acontecia das refeições serem acompanhadas por álcool, instalava-se um verdadeiro pandemônio dentro da casa. Naquele dia, porém, talvez pelo tema, pairava no ar uma imagem de tranqüilidade doméstica.

— *Revertere ad locum tum* — reverberou de repente a voz do tio, irmão do pai, dando início à escolha dos epitáfios.

— Ora, esse é o título geral — rebateu o pai —, crie o próprio!

A avó sussurrou perto do ouvido do pai que ele evitasse censurar o irmão. Era raro ele se pronunciar. O pai bufou e se calou.

Ao ser consultada sobre qual epitáfio escolheria para sua sepultura, a mãe perguntava seguidamente se eles queriam mais arroz, batata ou farofa. E eles, boca cheia, pareciam escolher em silêncio suas últimas palavras. Até aquele momento, lembravam uma família de seriado americano, silenciosa e unida, quando, subitamente, o pai ergueu-se de sua cadeira de espaldar alto, indagando para onde iria o seu eu ao morrer.

— Para onde? — perguntava, exaltado.

— Proponho o cemitério — disse a tia.

— A gente compra um prédio e bota ele dentro — emendou o filho temporão.

— Não fale assim com seu pai, menino! — aparteou a avó.

O filho continuou, dizendo que o eu do pai não caberia no caixão, mas que o cemitério era grande, dava na praia, avançava na areia e tinha todo o oceano Atlântico pela frente.

— Tudo bem, meu jovem — rebateu o pai —, mas não se esqueça de avisar o pessoal do Lions...

Em seguida, o pai disse que, quando morresse, esperava que alguém fizesse a gentileza de dobrar o pavilhão nacional (assim chamava a bandeira do Brasil), que ficava sobre a mesinha da sala, ao lado do porta-retratos com a fotografia dele de primeira comunhão, e o colocasse sobre seu coração, e não se esquecessem de abotoar a camisa de volta, evitando assim que algum aventureiro lançasse mão. E como gostou da frase final que ele próprio dissera, riu sozinho. Nesse instante o telefone tocou, e a mãe levantou-se rápido para atendê-lo, escorregando no tapetinho da sala, que ali estava unicamente para tombos ligeiros, e ficou se equilibrando no ar, numa espécie de dança tailandesa, enquanto o pai dizia Não vá se quebrar agora, meu bem, ainda temos que subir a serra. E era ela quem iria ao volante — assim transcorriam as viagens —, pois ele não dirigia. Logo que a mãe voltou à mesa, o pai perguntou quem havia telefonado na hora da refeição, e ela respondeu que tinha sido engano. Ele sorriu dizendo que a mãe quase fora parar no hospital por engano. O pai ainda ria quando perguntaram quais seriam suas últimas palavras.

— Ora: Vim, vi e venci! — disse, socando a mesa e continuando a rir.

Logo depois, o segundo filho, sentado ao lado do pai, tomou a palavra para dizer que não seria enterrado na tumba da família. Bastava ter passado a vida com eles. E lá já tinha uma ossada da pesada.

— É um ponto excelente, meu filho, perto da porta principal, com facilidade de condução para todos os lados... Vamos, colabore, continuemos unidos — disse o pai, rindo, com a mão no ombro do filho.

— *But the clouds...* — soou de repente a voz da tia, que gostaria de ver lapidada a frase do poeta Yeats em sua lousa.

E a prima, que almoçava todos os dias na casa deles, fazia questão de que escrevessem na sua lápide:

— Quase fiz uma loucura por sua causa, Eliomar...

Ela tinha certeza que o puto ia ler.

E chegara a vez do terceiro filho opinar. Excitado, porque havia ensaiado uma peça de teatro durante toda a tarde, e fora dispensado porque deixara a atriz de olho roxo, disse que o texto da prima era longo. Que ela devia escolher um palavrão. O dele era do *Boca de Ouro*. Nada continha mais verdade do que os palavrões do "Boca", continuou ele. A experiência teatral se entranhara nele de tal modo, que ele jamais perdera os gestos e a risada que inventara para o personagem, contava, alterado, no meio da sala.

As crianças, filhos da irmã que sofria de insônia, e àquela hora dormia, corriam em volta da mesa, rindo, esbarrando nas cadeiras, puxando a roupa um do outro, e se chamando de pai.

— Jesus é o pai de vocês, meninos... Sosseguem! — dizia a avó, batendo com a ponta do leque no prato.

As crianças continuaram a rir e a correr. O pai então gritou com a mãe para que ela prendesse os netos imediatamente.

— Onde, meu bem? Onde? — perguntava ela, tentando desembaraçar os dedos dos pedaços de papel de queijo Catupiry.

Nesse instante, o filho mais velho, imóvel e silencioso — o campeão da mente, como o pai o chamava —, olhando fixamente para o prato, mostrou rapidamente os dentes, e a mãe entendeu que ele queria sorvete. E ela sabia que só podia ser Chicabon. Uma vez a empregada trouxera outro sabor e ele saiu da mesa, abriu a porta, desceu um andar, tocou a campainha do vizinho e ofereceu o sorvete para ele. Tudo isso sem dizer uma palavra. Mais tarde, também sem se pronunciar, o vizinho veio devolver o sorvete. A mãe, então, para evitar aborrecer o filho e incomodar os condôminos, levantou-se de um salto, assaltou a carteira do pai, segundo ele, e correu até a cozinha, mandando que a empregada voasse até o mercadinho e comprasse o sorvete que o filho gostava: Chicabon.

Num rompante, o filho que tentava a vida artística, empurrando o prato da sua frente e disse que ainda queria falar, voltou a soltar palavrões; depois, com risos exagerados, saiu para a varanda chutando o que encontrava pelo caminho, dizendo que a atrizinha com quem ele tinha contracenado não valia o palco que ele pisara. E ainda havia pretendido derrubá-lo!, gritou. As crianças pararam de correr e choraram de medo dele. E a prima perguntou ao "Boca" por que ele não mandava a moça à puta que a pariu.

Nesse momento, a avó perguntou onde eles achavam que ela poderia encontrar uma travessa de tartaruga. Ninguém respondeu. Ela então prosseguiu, dizendo que, como os demais, gostaria de manifestar sua opinião. Pensara muito sobre o assunto e escolhera seu epitáfio havia muito tempo. E bateu com o leque na ponta da mesa. Recordava-se que era moça, a trança ainda grossa, e assim dizendo desmanchou o coque e deixou cair nos ombros o cabelo ralo; as pernas ainda sem manchas, levantou-as para mostrá-las.

— Continue, mamãe! — ouviu-se a voz do pai.

Após um ligeiro estremecimento, a avó, com olhos inquietos, retomou o assunto dizendo que conversara bastante com o marido, já falecido, e em todas as ocasiões, que se estendiam noite adentro, ele sugerira que ela pusesse o que mais retratasse sua passagem por este mundo. Que fosse fiel à vida que levara: repleta de altos. E tudo ele lhe havia proporcionado, com sua coragem, bravura e intrepidez. De nada adiantaria uma inscrição que...

— Diga logo, mamãe! — interrompeu-a o pai, alteando a voz.

— Basta! — revidou a avó, pondo a dentadura no prato. E levantou-se dizendo que ia para a varanda, se revirar no ar fresco.

O pai então comentou que o ambiente estava se tornando infernal. Que eles se recusavam a ter uma conversa salutar, ordeira, edificante. Eram verdadeiros silvícolas. A mãe arregalou os olhos para o pai. Não gostava que confundissem seus filhos com os índios.

Nesse instante, incentivaram a mãe para que ela dissesse suas últimas palavras:

— *Gracias a la vida que me hay dado tanto...* — disse ela, abraçada a um pirex.

E uma paz violenta invadiu a sala.

Kelly

O que você quer? Minha mãe não está. O que você veio fazer aqui? Não, não tem ninguém; não, tem, tem sim, a minha boneca, quer ver? Ela tem trancinha, e mamãe não deixa eu desmanchar porque diz que vai estragar, e aí eu não vou conseguir fazer outra trança e vai ficar tudo melecado. Já tive outra boneca, mas roubaram ela de mim, um garoto levou ela do meu colo; quando mamãe viu, correu atrás dele — mamãe é forte, porque ela já foi homem, mas isso foi há muito tempo, antes de eu nascer —, mas ele sumiu com a minha boneca. Sabe que um dia minha mãe tava dormindo e eu saí do umbigo dela? Verdade. Ela disse que foi o maior sonho que ela teve na vida. O que você vai fazer dentro da minha casa? Vou dizer pra minha mãe que você tá abrindo a gaveta dela. Não, não quero ficar de colar... não quero! Nem de brinco... pára! Por que você abriu a porta do armário? Eu vou contar pra mamãe que você mexeu nas roupas dela. Como é mesmo seu nome, hein? Meu pai se chamava João. Ele não mora mais aqui, foi embora porque minha mãe começou a namorar. Mamãe disse que um homem não dá dinheiro, mas muitos dão. Meu pai bateu muito na minha mãe, até de fio ele bateu, por causa do namorado, bateu e xingou, eu vi. Deu um soco na boca dela e o dente voou, eu catei ele e guardei, botei debaixo do travesseiro mas não ganhei presente, então eu dei o dente pra mamãe e ela disse que era pra eu parar de pegar porcaria no chão. Nem viu o dente dela. Quando papai começava a bater em mamãe, ela dizia Corre, Kellinha, foge, vai pra casa da Jane. Sabe que o filho da Jane faz cocô no chão? O Marley. Um dia ele fez um que caiu no pé de um homem lá, aí o moço chutou, e o cocô plaft!, grudou na parede. Mamãe chama o Marley de cagão. Mas quando ela mandava eu correr pra lá, eu me escondia atrás do tanque; teve um dia que ela gritou: o saco encheu! e começou a bater no meu pai até ele chorar de perdão. Depois disso ele sumiu; parece que mataram ele lá longe, depois que o morro dá volta. O que você tá procurando? Dinheiro? Não tem. Eu tenho, quer ver o porquinho que eu ganhei? Mas não pode abrir, só quando encher. Vai demorar. Você tem uns dinheiros aí?... Não, não vou sair daqui. Não quero. O que você vai fazer agora? Por que tá passando a mão no meu cabelo? Ele tá limpinho, quer cheirar? Viu? Minha mãe lavou ele hoje, com um xampu que ela roubou pra nós, mas ninguém viu. Ela rouba só um pouquinho. Como é mesmo o nome do xampu?... Esqueci... Depois que ela lava meu cabelo ela me dá o sabonete e diz pra eu me lavar direito pra ser uma menina limpinha. Por que você tá olhando pra minha orelha? Viu o machucado aqui, viu? Saiu um monte de sangue, ficou pingando plif, plif, no chão... Foi lá pra cima, na casa da Jaqueline. Mamãe me deixou lá porque tinha que dar um chega-pra-lá numa filha-da-puta, ela disse, aí mandou eu ficar quietinha, não dá trabalho pra Jaqueline, viu, Kelly? Ela já tem muita aporrinhação, tá ouvindo, Kellinha? Não faz bobagem, obedece, que eu não demoro, vou lá dar uns sopapos numa veada e já volto. Ela disse isso tudo sacudindo meus ombros, e depois eles ficaram doendo. Logo que ela me deixou e foi embora, eu vi uns garotos correndo atrás de uma pipa e fui atrás deles, e quando chegamos perto dela eles me empurraram e eu caí com as orelhas no chão, primeiro com uma, depois com a outra, porque quando eu levantei eles me empurraram de novo, me chamando de menina fedorenta. Mas eu não machuquei o joelho nem a perna, olha aqui, viu? Sabe que a perna da minha mãe é cabeluda? Ela raspa ela, e tem dia que ela se corta, aí o sangue fica fazendo bolinha, mas ela diz que não dói; ela também tira a sobrancelha, mas aí grita puta que pariu!, mas continua tirando, não pára. Ela cortou minha unha que é pra eu não roer, viu? Não, não vou. Minha mãe diz que é pra eu não ir no colo de ninguém, ela diz que eu sou o anjinho dela. Nem deixa eu chegar na porta. Diz que ninguém presta. Você tem filha?... Hein? Você é bandido ou assaltante? Vai fazer o que comigo? Vai me bater? Meu pai também me batia, mas batia muito mais na minha mãe. Depois ela teve um namorado que também batia nela, mas ela diz que é diferente, que é muito legal. Quando ele chegava, ela puxava a cortina do quarto e me mandava pra cozinha, e eu só podia sair quando ela me chamava de volta. Por que você acha que todo mundo bate? Não, não puxa minha mão, minha mãe não quer, já disse, e depois acho melhor você ir embora, porque se ela chegar com o cliente você vai ter que sair correndo, eu também, zuim, zuim. O que você perguntou que ela é?... Hein? Ela é... ela é... esqueci o que ela disse que ela é. Ela trabalha na cama, que é pra não ficar cansada, porque ela trabalha muito mesmo, a noite toda. De manhã ela diz Ai, meu saco, tô fodida... Tá vendo esse paninho aqui na minha mão, tá? Eu tava limpando a pia, pra minha mãe encontrar ela limpinha. Hoje ela saiu porque na comunidade, lá no alto, tem uma mulher que bota carta, e hoje ia botar carta pra ela, pra ver as coisas, o dinheiro, né? Se ela vai ter mais cliente que pode pagar; sempre ela conversa que tá ficando louca. Que ser mulher só trouxe a felicidade da sua Kellinha, aí eu beijo ela, e mamãe chora — e eu também choro por causa da boneca que me roubaram —, e se enxuga em mim, e eu fico com a roupa toda molhada. Sabe que a gente só tá comendo biscoito? Tô enjoada. Quer um? Tá lá na lata da cozinha, quer? Eu já tive um cachorrinho, mas minha mãe deu ele, porque não tinha dinheiro pra comprar comida pra ele, então ele ficou magrinho e pequeninho de só comer biscoito. Mamãe largou ele lá na porta da igreja, junto com os mendigos, porque ela disse que ele era um cachorro mendigo. Que os bichos também são mendigos. E eu fiquei pensando se o rato era mendigo. É, não é? Chorei a noite toda lembrando do meu cachorro. Só ele veio no meu aniversário, mais ninguém. Verdade. Antes de eu dormir ele vinha ver se meu olho já tava fechado, se não tava ele botava a pata em cima do meu colchão e depois sorria. Mamãe dizia que ele tava dando boa-noite, boa noite, Kellinha, boa noite, e que era pra eu dormir logo. Dorme, anda, vai, dorme, eu preciso trabalhar, ela diz; mas no escuro meus olhos não conseguem fechar de jeito nenhum, aí me dá vontade de chorar. De onde que o sono vem? O do meu cachorro acho que era do tremelique dele. O meu, não sei, ah, já sei, é dos cavalos que aparecem no céu no meio das nuvens, outro dia foi assim, e eu dormi. Por que seu olho não fica quieto? Ah... você que agora é o namorado da mamãe? Vai ficar esperando ela chegar, não é? Você não deixa os bandidos pegar ela, né? Uma vez ela namorou um bandido, ele deu tanto tiro dentro de casa que acertou o porta-retrato com a fotografia dela de duquesa do caralho. Ela chorava no meio da fumaça; já me mostrou a foto toda furada. Nesse dia, ela disse que saiu correndo comigo no colo pra casa da Jane e que eu urinei nela toda. Xixi, né?

Quando mamãe corre pra casa da Jane, ela vai sempre chorando, ela chora muito, diz que a vida dela é um bostão. Pronto, não quero contar mais nada, senão minha mãe vai chegar e brigar comigo, e eu quero pintar minha unha com o esmalte que ela deixou.

Entrevista

Entra... Quer um cafezinho? Um copo d'água? O fotógrafo não veio com você? Senta onde quiser, cuidado só com a gatinha, ela é sempre confundida com as almofadas, ha ha ha! Um dia um amigo do Mário sentou em cima dela, não foi, Maria Antônia? Precisava ver o gemidinho que ela deu... Pobre rica gatinha... É angorá, viu? Deixa a mamãe te dar um beijo, Marinha... Cheirosa! Custou um dinheirão, foi o Mário que me deu, quase todos os dias ele me traz um presente. Não sabe mais o que comprar pra me deixar feliz. Diz que só quer me fazer feliz. Nada mais importa na vida dele. Também, coitado, já foi tão infeliz nos acidentes de percurso, como ele diz. Todas loucas, segundo ele. Loucas mesmo. Uma delas quase tocou fogo no apartamento. Mário disse que a tartaruga deles desceu correndo as escadas, ha ha ha! E sabe que ele teve filho com todas as ex-mulheres? Tem filho de todas as idades, sendo que dois são mais velhos do que eu. Mas agora ele não quer saber de passado, do que aconteceu, quer é se divertir, rir, brincar, *easy going*, né? Que ele sempre diz e eu esqueço de perguntar o que quer dizer. E a diferença de idade não atrapalha em nada, eu tenho vinte e dois e ele sessenta. Mas é muito gato... Se cuida pra caralho! Desculpe, o Mário não gosta que eu diga palavrão. Ele tem me ensinado tanta coisa... Até a me limpar, ha ha ha... Está rindo? Antes eu usava rolos de papel higiênico, não sabia dobrar direito o papel, fazia aquela maçarocada. Quer ver outra coisa que o Mário me ensinou? A não palitar os dentes na mesa. Antes eu me esbaldava, agora quando acaba a comida vou direto pro banheiro. Se bem que ele manda eu usar fio dental, mas comigo não dá certo, fica preso entre os dentes! Quer ver mais uma coisa que eu aprendi com o Mário? A acertar o lenço de papel dentro do vaso sanitário. Antes eu dizia privada, agora tem que ser vaso. Quando me maquio eu uso uma porrada de lenço de papel e depois vou jogando pra trás, sem olhar, preocupada em não me borrar. Não se liga na porrada, tá? Acontece que o lenço não cai lá dentro, porque o Mário disse que eles têm que ser dobrados antes de serem atirados. A resistência do ar impede que eles tenham uma trajetória longa. Legal o que ele disse, né? Ele fala umas coisas muito bacanas. Foi muito estudo. Mas agora eu aprendi a dobrar o papel. Tem dado certo. Quanta coisa, né?... Quer outro café? Pode botar o copo em cima da mesa que ela não mancha. É adstringente. Mas eu estava contando do dia em que ganhei a Maria Antônia. O Mário me deu a gata porque uma vez eu contei pra ele que eu nunca tinha tido um bicho. E eu amo *les chiens*. Amo. Ah, mas ainda não mostrei a casa, desculpe. Aqui é a sala de visita, mas tem outras salas, cada uma de uma cor, a de jantar, a de receber os filhos dele, a de receber os amigos, e tem também o salão de massagem do Mário, com os aparelhos; ele malha muito com o personal dele, no final fica exausto, coitado! Ah, tem também a varanda com a piscina ao lado. Show, né? Mas você quer saber do nosso cotidiano... Não tem nada de mais, é supersimples, básico! Acordo tarde porque tenho que sair todas as noites com o meu marido. Jantamos fora, e aí rolam as biritas, as mulheres que dão em cima do Mário... E eu tenho que estar ligada, senão já viu, né?, mas você quer saber sobre o *jour le jour,* como dizem os americanos, não, os franceses, ha ha ha! Todos têm curiosidade sobre a nossa vida sexual, saber se ainda trepamos, quantas vezes... Claro que trepamos!, imagina se eu ia ficar com um homem que não gosta de mulher, ha ha ha! As pessoas se ligam porque o Mário transou com muita gente, e aí elas espalharam que ele tem o peru torto. Mas pra mim não tem problema. As outras, não sei... tem gente que gosta de tudo reto, né? ha ha ha! E o fotógrafo nada, hein? Deve ter se perdido pelo caminho. Nossa casa é muito longe mesmo. O Mário diz que é bom pra despistar o pessoal. Tem muita gente que quer se meter na vida da gente... Você nem imagina! Bom, continuando: tomo café-da-manhã no quarto, depois me espreguiço uns dez minutos — parece que faz muito bem pro futuro — e em seguida vou pro jardim pegar um ou dois raios de sol, senão as manchas vêm a galope, me disseram. Chega então a hora da leitura. Vejo todas as revistas que saem, moda é o que há... um arraso! Mas ler me deixa estressada. Não estou acostumada, tudo é hábito, né? Em seguida, recebo os recados de telefonemas, mas não dá pra responder a todos! Depois deito na espreguiçadeira e volto a dormir pra me recuperar da manhã; quando acordo, almoço: arroz, feijão, bife e batata frita, aproveito que o Mário não está em casa. Ele detesta que eu coma essas coisas. Diz que faz mal, que eu vou engordar... O Mário às vezes acha que eu sou igual às ex dele, ha ha ha! Bom, mas à tarde eu ponho meu joguinzinho e passeio em volta da piscina pra relaxar e poder enfrentar o resto do dia, que quase sempre me deixa supercansada, ha ha ha! Tomo uma ducha depois da caminhada, visto um vestidinho tipo ligeiro e chamo o motorista pra dar uma volta de carro, uma aerada, mas tenho que voltar logo porque o pessoal do salão vem todo final de tarde. Todos os dias tenho que retocar as unhas das mãos, dos pés e as luzes do cabelo. Um saco! "Saco" tudo bem, né? Assim mesmo o Mário não gosta que eu diga. Saco!, ha ha ha! Bem, mas aí a tarde já voou e eu tomo um drinque enquanto me visto, peguei a mania de só me vestir bebendo, Mário me chama de *baby beer*; em seguida, saio com o meu marido, que está morto de fome de tanto trabalhar pra gente ter um empreendimento de luxuoso gabarito. Hoje à noite vou sair de sutiã rendado, amo *lingerie*, amo todo tipo de *underbear*. Moda é feita pra deixar os homens pirados, né? Ha ha ha! Adoro meu dia-a-dia, minha noite-a-noite então... É quando mais me divirto, e viro uns drinques legais, ha ha ha!... A vida pode ser um boom, não é mesmo? O máximo! Meu lema é bombar! E adoro viajar! Já viajamos muito, mas tenho loucura pra conhecer o Oriente Médio, o inteiro é muito pra mim. Claro que quero ter filhos! Num dos jantares dos amigos do Mário — porque é um atrás do outro sem parar — me sentei ao lado de uma mulher que me perguntou se eu tinha filhos, e antes que eu respondesse ela disse que era um paradoxo ter filhos. Legal, né? Demais. As mulheres andam superinteligentes. Minha mãe diz que na época dela não era assim. Ela nem sabe o que foi isso, de uma hora pra outra. Eu acho que as mulheres fizeram um *upglade*. Meu caso, ha ha ha! Será que é assim que se diz? São tantas as impressões dos idiomas, né? Não dá pra decorar. Mas o Mário deve saber, ele sabe tudo! Sinto tanto orgulho de ser a esposa do meu marido... Sou fã condicional e incondicional do meu *husband*! Olha o Mário aí! Bem, a moça chegou pra te entrevistar e enquanto isso a gente levou um papinho, né?...

O pai do Pedrinho

Quieto no colo, Pedrinho, chega os solavanco do ônibus, senão vai amassar o sanduíche que eu trouxe pra nós, e não esfrega o sapato aí, engraxei ele, e tu só tem esse que tá no pé, presta atenção, chegou o dia que todo dia chega. Alembra de antes de ontem que tu perguntou se tinha pai? Alembra? Larga de botar a mão no sapato. Tava pensando que não tinha, né?... Tá ouvindo bem o que eu tô falando? Altair de Freitas, teu pai, um home do tamanho desse ônibus, tá lá te esperando. Tá rindo? Tu vai ver... Um monte de vez eu quis te levar lá, mas nunca que dava jeito, mas agora ele disse: "Traz o moleque!". E mandou nós ir rápido, que ele tá sempre correndo, sabe como é que é... É longe onde que ele fica, outra cidade, o ônibus tem de dar muita volta, mas uma hora a gente chega, vê se não emporcalha na minha saia nova, já viu, né? Quando a gente chegar faz tudo direitinho, não me deixe passar vergonha, não vai precisar de dizer nenhuma palavra, só abraçar ele. Mais nada. Que é pra ele ir com a tua cara. Eu mostro quem ele é, pode deixar. Mas num vai ser nem preciso, tu vai ver ele logo que chegar, teu pai tá sempre arrodeado de um mundão de gente. É Altair pra cá, Altair pra lá... Num fazem nada sem ele mandar de primeiro. Altair de Freitas vai conhecer Pedro Silva, seu filho. Seu único filho, porque parece que andaram dando meia capada nele. Ele é forte, Pedrinho, já falei que é que nem esse ônibus, um homão desse tamanho, cada bolota no braço que eu nem te conto... Matador profissional, tu sabe, um home de fama, já contei, pega os bandido no tiro, por isso tem de viver escondido de um lado pro outro, senão os cara queima ele. Sabe que um dia eu vi Altair dar uma chumbada num cara e a cabeça do homem voar? Gritou por quê, Pedrinho? Eu, hein! Ajeita essa cara que tu vai tirar fotografia com teu pai, tô levando aqui a máquina emprestada da dona, não me deixa esquecer ela lá, viu? Fica de olho pra ninguém roubar ela de nós, sabe como tiram as coisa dos outro, não sabe? Imaginou a cara da Marly que tem aquele Zeca bobão? Como que ela há de ficar vendo a fotografia?... Já tô até vendo tu ao lado do teu pai, tô vendo mesmo... Mulher vê tudo antes, nas ultra, como eles diz, e sempre há de ser assim. Tá chorando? Mas por causa de quê? Pára de falar no meu ouvido, tá deixando ele todo cuspido, ninguém tá escutando nada... Por que tá com medo daquele home?... Então tu tem medo de home? Ele num tá nem olhando pra nós... Larga de ser bobo, Pedrinho, deixa eu te enxugar, vira a cara pra mim. Menino bobo, gente! E quando chegar na frente do teu pai tu ri, viu? Alembra o que a gente conversou. Tu ri muito bem, então chega lá, abre a boca e ri muita risada, tem de mostrar felicidade em ver ele, assim ele dá dinheiro pra nós; aproveita que não falta dente na boca. O dinheiro deve de dar até pra botar na popança! Que cara é essa agora? E por que tá branco desse jeito?... Peraí, Pedrinho, vira essa boca pra lá, olha minha saia nova, putas merda... Mas tu, hein... Mas é muito do costume mesmo botar as tripa pra fora dentro desses ônibus, como sacoleja esse veado... Entra em tudo que é buraco. Ficou mole, né, Pedrinho? Perdeu o que tinha dentro da barriga, né? Dorme, quando o ônibus parar eu te acordo que é pra gente mijar. Depois nós vai trocar de lugar porque isso aqui ficou uma catinga danada. O pessoal do lado já se mandou lá pra frente. Isso, fecha o olho, dorme, quando acordar tu vai conhecer teu pai, já tô até vendo Altair rindo aqueles dentes postiço dele quando der de cara com o filho, porque nem passa pela cabeça de teu pai que tu é um neguinho bonito, ele vai se amarrar, tu vai ver, ai, como tua cabeça pesa, Pedrinho... Meu braço tá doendo, tomara que a gente chegue logo na parada. Vamo ver se ele solta uma grana pra nós que assim eu compro também aquela bola colorida que tu sempre quis, aquela que os home carrega de um lado pro outro. Se ele der pode ser que a gente compra umas dez. No meu ver, ele deve de dar o dinheiro, porque o povo tá falando que ele tá cheio da grana. E deve de tá mesmo, tem matado pra caramba, e aí pagam legal. Tá com a cara no jornal todo dia. Ai, Pedrinho, tu sempre babando quando dorme, mas tu é lambão mesmo, hein? Vou ter de enxugar com minha saia nova, como é que tu me faz uma coisa dessa... Tão novinha ela, nem paguei... Acorda, Pedrinho, o ônibus parou, vamo, vamo saltar depressa que eu já tô me mijando. Sai do colo, vai, me dá a mão, vamo andando, não pisa aí, cruz credo! Isso, vai pro outro lado, cuidado com o degrau! Olha pra frente, não larga da minha mão, vamo, salta, anda, Pedrinho! Vambora! Entra comigo no banheiro, e não olha pra ninguém, olho no chão, isso, tá bão. Vamo, não encosta em nada que isso aqui tá uma nojeira, vai, tira ele pra fora, mija, rápido, anda, sacode, agora deixa eu fazer, vai, não segura em mim senão eu caio, tem de mijar em pé, saco, acertar o mijo lá dentro, pronto, não larga da minha bolsa, vê lá, hein? A máquina da mulher taí, Deus me livre de perder, ela desconta no ordenado, aí já viu, né? Agora vamo sair, deixa que eu dou a descarga. Tá escangalhada, putas merda, vamo pra fora, sair daqui desse fedor, anda... Olha lá as cadeira! Corre que é pra pegar uma, duas, Pedrinho, que é pra nós sentar e comer o sanduíche; e aí, tá bão? Botei um monte de coisa dentro, e trouxe um dinheiro pra comprar Coca-Cola, só assim tu começa a rir, hein, Pedrinho? Vamo lá pedir a Coca pro moço. Depois vamo voltar aqui, porque aí eu vejo a hora que o ônibus sai, senão ele deixa nós pra trás. Tava bão? Tu devia de tá com fome, né? Botou tudo pra fora... Bora correr lá pra dentro que o ônibus já tá fumegando. Já, já ele se arranca e nós fica pra trás. Vamo, Pedrinho, que perna mole é essa... Sobe, vai, sobe o degrau, vê se não pisa na lambança que tu fez, deve de tá ainda lá. Pronto, sossega no colo, chega os solavanco, já disse. Vamo rodar pra caralho antes de chegar, vê se não me enjoa de novo. Se achar que vai botar pra fora fala pra eu abrir a janela. Tá me ouvindo? O pessoal daqui se mandou, viu? E metade daquela gente lá fora ficou na parada porque ali eles pega outra condução e se embrenha aí pra dentro. São o povo que mora no mato. Parece que é até bão. Nós vamo seguir, é uma estirada de chão. Lá no fim, é onde tá morando teu pai. Ele já tem outra mulher, mas ela não deve de aparecer porque Altair não mistura as coisa. Fala que mulher é feito bebida, não dá pra misturar. Pára de mexer no sapato, Pedrinho, a sola tá suja, daqui a pouco tu vai chegar todo melequento, e teu pai não vai gostar. Por causa de que tu riu? Porque aquele homem tá fazendo careta? Vai rindo mesmo porque é o que tu vai fazer, uma risada em trás da outra, que é pra alegrar teu pai. Que Deus te encha de graça, Pedrinho, e minha bolsa de dinheiro. Tô cansada de dar brilho em panela! Pronto, até que enfim, tamo chegando, deixa eu tocar, é lá mesmo, vamo saltar depressa senão nós se estabaca no chão. Vem, vem no colo, vamo, que nós tamo atrasado, segura em mim, vamo indo, ai que aperto, vamo depressa, ai, que tu tá um peso, puta que pariu... Tá vendo aquele amontoado de gente lá longe, tá? Não disse que teu pai vive desse jeito? Não deixam ele em paz, onde que ele vai é assim, as pessoa corre pra cima dele, uma montoeira atrás, mas dessa vez tem gente pra caralho, vamo, vamo passar longe que é por causa que tem um homem no chão, e tu não olha, viu? Vira a cara, bora lá conhecer teu pai! Pera aí, Pedrinho.

Mutismo

— José Carlos, Luiz Alberto não fala há três dias. Ouviu? Hein, José Carlos? Estou falando com você...
— Deixa, Vera Lúcia, deixa... Sempre que eu tô lendo jornal você vem encher o saco... O jogo já vai começar...
— Já disse, nosso filho está mudo. E de olhos fechados. Acho que não se levantou nem para ir ao banheiro.
— Deve estar de saco cheio também. Vocês querem que a gente fale o tempo todo... Compra um papagaio!
— ...
— Pensa em outra coisa; liga pra sua mãe.
— Bom, te avisei, vou lá tentar falar com ele de novo.

— O que está acontecendo com você, meu filho? Por que não quer falar, e nem abrir os olhos?... Está com algum problema na vista? Eu sei que você não gosta de conversar quando acorda, mas é a única hora em que nos vemos... E assim mesmo é raro, porque quase todo dia você levanta e vai pra rua,

Luiz Alberto. Nunca fica em casa. Mas agora o que aconteceu pra você ter ficado assim? Aonde você foi ontem à noite? Só chegou às sete da manhã. Cravado, vi no relógio. Fiz duas promessas enquanto você não chegava. Nem sei como não fiz mais. No total agora são nove. Você foi à rave? Tenho um medo dessas coisas que você nem imagina. Até o nome dá medo. O que está havendo com você? Fala, meu filho, se abre comigo, sou sua mãe. Quero o seu bem. Algum problema com as garotas? Menina dá muito problema. Elas não sabem o que querem, não têm sossego, vivem se atordoando. Outro dia mesmo ouvi contar que uma mãe liga para o celular da filha e ela desliga. Que coisa horrível, meu Deus. Ainda bem que eu tive filho homem. Mas sabe o que eu acho, Luiz Alberto? Que se vocês são estúpidos com as garotas, elas reclamam; se são bonzinhos, elas chamam vocês de babacas. Só estou repetindo a palavra. Então eu acho que você não deve ligar para elas. Não vale a pena. Ah, Luiz Alberto... Você não tirou a roupa nem os sapatos pra se deitar, e as solas estão imundas, tem idéia no que andou pisando? É muito perigoso deitar na cama com sapato de rua. Várias doenças começam assim. Uma vez seu pai pisou num cocô de gato e pouco depois ele teve um vírus que quase o levou. O médico disse que nunca tinha visto um caso igual. Sabe o que tinha acontecido? Hein? Está ouvindo? Uma bactéria do intestino dele migrou para o pulmão. Uma coisa muito séria, meu filho. Sabe que temos bactérias espalhadas pelo corpo todo, não sabe? Só de pensar nisso eu me assusto terrivelmente. Mas cada qual no seu posto. Até elas têm um lugar, uma casa, e ficam nela, senão é o que se viu, uma esculhambose geral, como disse seu pai. E ele foi ficando verde. E fraco. Um espectro verde. Tudo a ver com o cocô do gato, claro. Abriu o olho, finalmente, Luiz Alberto!

— José Carlos, Luiz Alberto abriu o olho. Um, mas abriu. As coisas melhoram a olhos vistos, viu? Vai lá pra você ver...

— Sabe que o Brasil está num amistoso da Copa? Hein, Vera Lúcia? Copa!

— Pra seu filho não se interessar, vê bem como ele deve estar. Ama futebol, não pode ver uma bola. Desde menino assim. Lembra dele ajeitando a bola pra chutar, hein, José Carlos, lembra? Não era uma gracinha?... Alguma coisa deve estar acontecendo com ele, estou te falando...

— Vem cá, rapaz, vem, cara! Pênalti! Pênalti!... Enche meu copo aí, Vera Lúcia, vai... Depois senta que você tá dando sorte!

— Bem, só vim te avisar. Não vou ficar aqui não, com a graça de Deus Luiz Alberto abriu o olho. Ouviu, não é?

— Vão cobrar o pênalti... Reza pro teu santo aí.

— Soube de um rapaz que fechou os olhos, deixou de falar, levaram ele pra uma clínica, e está lá até hoje, mudo. Parece que toda semana a mãe leva um rádio pra ele. E ele quebra todos que ela leva. Um por um. Ela dá, e ele joga no chão. Instantaneamente. Toda vez isso. Felizmente o pai é dono de uma loja de eletrônicos.

— Vai vai vai vai... Na trave... Puta que me pariu! Levanta, Vera Lúcia.

— Deixa eu sentar na beirada da sua cama, Luiz Alberto. Seu pai te chamou, você ouviu, não foi? Por que não vai assistir o jogo com ele? É um amistoso da Copa. Você gosta tanto de futebol, meu filho... E na hora do jogo seu pai gosta de torcer junto com você. Com o filho dele. E ele se preocupa muito com você. Vivemos preocupados, entra dia e não sai noite — eu não durmo, não é mesmo? —, estamos assim, alertas. Muitas vezes eu olho pra você e te vejo pequenininho... Não tenho vergonha de dizer que os melhores momentos da vida passei ao seu lado, meu filho. Mas o que é essa vermelhidão no seu rosto? Não quer que eu passe a mão? Mas algo precisa ser feito. Você está machucado. Andou brigando? Não deixa ninguém bater no seu rosto, Luiz Alberto. Isso é um desrespeito a um rapaz de boa índole, bom berço, educado em ótimos princípios. Ah... por essa eu não esperava.

— José Carlos, o Luiz Alberto está com o rosto machucado.
— Levou um cacete?
— Acho que sim.
— Quem deu a porrada?
— Não sei.
— Algum filho-da-puta. Deixa o jogo acabar...

— Fica tranqüilo. Seu pai disse que isso não vai ficar assim... Nem pode! Que sua cara não foi feita pra vagabundo meter a mão. Relaxa, você tem pai, graças a Deus. Mas o que é isso que eu estou vendo? Seu peito está arranhado, todo arranhado, Luiz Alberto... Não foi à toa que não dormi ontem à noite. Entrava hora e saía hora, e eu lá, esbugalhada. Quase caí da cama de tanto me virar nela. Um desassossego. Sinto quando você está beirando o abismo... Não precisa ninguém me dizer nada, fecho os olhos e vejo o perigo... Nunca contei isso a ninguém, mas pra você eu posso contar.

— Vera Lúcia, pega mais uma cerveja pra mim!

— Como seu pai bebe quando assiste jogo... Já volto.

— Está aqui, José Carlos, pega; estica o braço, não é?

* * *

— Voltei. Pra mim você pode contar, foi uma briga feia, não foi, Luiz Alberto? De rua, não é? O sujeito estava drogado, não é mesmo? Pode me dizer... Não me esconda nada. Sou sua mãe, meu filho. Deve ter sido um verdadeiro corpo-a-corpo. Que vida, meu Deus, que cidade... Teve sangue, não teve? Tiraram sangue de você? Que coisa medonha. Apanhou muito?

— Foi uma briga horrorosa, José Carlos, no meio da rua, não sei como as pessoas não desapartaram, a roupa do Luiz Alberto está em frangalhos, toda rasgada... Deve ter tido faca e gilete, vai por mim.
— Olha a frente! Perdi o lance, cacete!
— Estou te falando da briga, José Carlos!
— Deixa o jogo terminar que esse merda vai ver...

— Depois do jogo seu pai vai tirar a limpo essa história. Já está decidido. Sabe como ele é... Quando perde a paciência não acha mais. E aí o bandido tem que se haver com ele. Um dia José Carlos bateu em três espanhóis. Três! Homens pesados. Nunca mais esqueci daqueles homens resfolegando, nem eles, que ficaram sem os dentes. Seu pai sabe ser violento. Uma vez, num restaurante, espetou o garfo na barriga de um homem que olhava pra mim...
— Sai! Sai! Sai! Sai! Saaaaaaai!
— O que é isso, Luiz Alberto? Pára de gritar, meu filho. José Carlos!

— Gol! Gol! Gol! Gol! Goooooool!!....

Dor de dente

— Antônio... Já dormiu?
— O que você quer?
— Não consigo dormir. Vira pra cá.
— Por quê?
— Acho que vou ter dor de dente.
— Está com dor?
— Não, acho que meu dente vai doer, e não vou agüentar. É um horror quando começa...
— Relaxa que o sono vem.
— Estou relaxando há horas.
— ...
— Antônio?
— Quê?
— Tem também outra coisa.
— O quê?
— Tenho medo de ficar pobre.
— Dorme, Débora.
— Não consigo, já falei. Disse uma coisa séria e você não

ligou. Acho que a família vai me tirar tudo. Vão me depenar. Não fizeram outra coisa na vida. Tenho certeza. Sei de mulheres que acabaram na miséria. Desdentadas, e no asilo. Tiraram tudo delas. As pessoas são cruéis. Já te contei que minha avó era crudelíssima?

— Hmm?

— A jararaca paterna. Inoculou a maldade na aurora da minha vida, na minha infância fodida, na minha e na dos meus irmãos. Quando meus pais saíam ela dizia que nós, as crianças — ouviu bem? As crianças —, a drenávamos. La vaquita. Espera que eu vou levantar pra ingerir outra pílula. Assim falam os médicos: ingerir. Tomar é para coisas menos nobres, hein, Antônio? Não pode nem ouvir falar nisso, não é? Tenho certeza que essa porrinha vai rebentar a boca do meu estômago. Que é o que os comprimidos fazem. Curam de um lado e estropiam de outro. Feitos à imagem e semelhança dos homens. E a dor está quase chegando, um inferno, e você não acredita.

— Pronto, voltei, vamos ver se dessa vez rebate. Na próxima encarnação caso com um dentista. Seria um sossego, sabia? Ia pedir pra ele fazer um consultório dentro de casa. Qualquer coisa já estava tudo armado. E ele ali, firme, incógnito, de máscara. Ninguém me tira da cabeça que essa dor está enraizada no miolo do cérebro. Dentro da caixa craniana. Desestrutura toda a cadeia de raciocínio. Sabe que eu consigo imaginar o interior do meu cérebro? Fecho os olhos e ingresso num túnel engarrafado de luzes vermelhas e azuis. Piscando, felizmente. Uma visão futurista. Essa conversa intracerebral pode não ser boa, falemos de nós, Antônio, pra ver se eu me distraio. Não temos sido propriamente infelizes, não é? Temos tido opiniões sempre contrárias, constantes desavenças, você não me acompanha em nada, mas continuamos juntos. Acho que, sem nos darmos conta, nos amalgamamos. Essa palavra se usa para relação entre as pessoas ou somente para obturações?

— Hmm.

— Estou falando de nós, Antônio. O pior que aconteceu na nossa relação foi seu desencanto abrupto com o corpo. Acho que com o passar do tempo você ficou cheio de si e de mim. Algo que não conheceu gradação. De inopino, foi-se. O seu corpo, o meu, e espero que o delas também. Tenho minhas dúvidas. Não sei se naquele escritório você se anima com a vista do Obelisco. Eu, há décadas vivo de incorporais. Alma e espírito, o tempo todo. Ascensão geral. Meu corpo agora só serve para doer. Dentes então, nem se fala... Por falar nisso, a dor está se insinuando, sublingualmente, lancetando o resto do nervo que o dentista deve ter deixado. Disse ele que tinha extraído. O mentecapto. Devo ter nervos sobressalentes. Você não acha que somos feitos de muitos nervos? E ainda se espera que sejamos calmos? Já pensou nisso, Antônio? Um instante, vou fazer xixi. Ouviu?

— Hmm?

— Fui no escuro pra não te incomodar. Felizmente não bati em nada, porque agora as manchas vêm para ficar. Bateu, valeu. Ainda estou com marcas de batida de três anos atrás. Sabe o que eu penso? Que na idade em que estamos não se fica bom de nada; com sorte se melhora. Não está sentindo calor, Antônio? Estou suando. Aqui dentro está um abafamento horroroso. E esse ar-condicionado só faz barulho. Parece que vai decolar. Deve estar com o filtro imundo. Mais um post-it para eu escrever amanhã para a diarista. Vivo à base de post-it, não fosse por eles não me lembrava de nada. A memória, como outras atividades, foi-se. Ah, meu Deus, a mulher chegou em casa e ligou o som debaixo da nossa cama. Deve ser quando ela transa. Quanta gente disposta a esta hora... Mas na minha época eu também gostava de fundo musical, lembra, Antônio? E você diz que não escuta, não é? Agora, adeus, ela só desliga esse ruffles de manhã! E esse aparelho parece que vai explodir. Só faltava agora uma explosão! Com quem iam ficar minhas gatas? Pobres gatas. Vou tirar a roupa, não estou aguentando. Antônio, a dor começou a fustigar o resto do nervo que o dentista não retirou. É um puto. Vou mudar de dentista. Tem um que cobra um dinheirão e parece que é muito bom, vou aproveitar que você ainda está vivo pra me consultar. Depois, sei lá. Se depender de família já viu, não é? Me odeiam, Antônio. Fui alijada porque sou dona-de-casa. Hoje em dia pega mal cuidar de casa. Muito mal. Precisa ver a cara das mulheres quando descobrem que eu não trabalho fora... Me ignoram, Antônio. Quando resolvem se dirigir a mim, perguntam se eu não tenho vontade de fazer alguma coisa. De trabalhar, acabam dizendo. E o que eu faço aqui dentro? Resolveram me esculhambar. Um saco! Tirei a roupa mas voltei a pôr porque não me senti bem. Sem acoplamento não dá. Nudez horrorosa, fria. Você não sente falta, Antônio? Fala sério. A pergunta é sobre sexo. Se você vive bem sem penetrar. Diga, sinceramente. Do fundo do seu coração. Eu escuto numa boa. Eu já senti mais falta. No início era atordoante, pensei até que algo muito esquisito fosse acontecer comigo, mas felizmente a coisa foi indo, indo, e cedeu, graças a muita leitura e a longas caminhadas. E a uma promessa que eu fiz. Não é fácil, hein? Nada fácil. Mas bendito é o espírito, nada como transá-lo bem. Pronto, a dor finalmente chegou, aqui está, Antônio, firme, enroscando o molar. É ele que está aos pinotes, já disse, não é? É mais perigoso por ser um dente inferior, neles as bactérias fazem a festa. Faz sentido, não é, Antônio? Tudo tende pra baixo, sempre. A lei da gravidade impera. Além de eu estar informada. Bem informada. Será que já destruiu o osso adjacente? É o risco. Deve estar evoluindo para uma infecção. Bactérias se reproduzem rapidamente levando ao óbito. Li na apostila que o dentista me deu. Serão toxinas e mais toxinas desaguando na corrente sangüínea. Não serei salva. Não haverá tempo para deter o processo. Vou morrer infectada, com certeza. Daqui a pouco a coisa se alastra e dispara. — O que foi isso!? É o celular ou o despertador?...

— O dente melhorou?

— Estou exausta, Antônio.

— Dorme um pouco mais.

A tia e o piano

— Quer saber? Comi minha tia. Comi, porra. Gostosa pra caralho... Carne pra tudo quanto era lado... Um esbanjão de mulher... Deu mole já viu, né? Neguinho aqui, nheco! E aí, vamo noutra? Bujão, dá uma gelada aí! Os caras aqui se escafedem, pomba...
— Como é que foi isso?
— Como é que foi o quê?... A foda? Muito simples. Dei uma chegada lá onde os velhos moram. É longe pra caralho, um estirão, mas às vezes tenho que dar uma geral, fiscalizar. Volta e meia surpreendo. Ver se tá tudo certo, se o piano ainda tá lá...
— Que piano, cara?
— Saca o lance: minha irmã se amarrou num veado. É cada história que puta que me pariu... Não fosse o velho alertar, tava aí de bicha a tiracolo, amargando numa hora dessa. Sujeito muito bom, ela dizia, respeitador, que nunca tinha avançado o sinal. "Avançado o sinal"... Tá falando igual a velha. E meu pai sacando o lance, só na atenção, parecendo caminhão de estrada, cheio de sinalização. Dizia que o homem sentava esquisito, de banda, com

um monte de trejeito... E minha irmã dizia que ele era um rapaz fino, muito educado! A bicha se desmanchando nas fuças da família, e ela dizendo essa babaquice... Queria se foder, meu chapa! Mas nisso a bicha resolveu dar de presente pra ela um piano, porque minha irmã disse pro cara que o sonho dela era ser pianista. Mulher diz qualquer coisa, tu sabe. Inventa uns trecos. E aí, o veadão, empolgadão, porque minha irmã, modéstia à parte, é um mulherão, comprou um piano pra ela e instalou ele lá em casa. Mandou essa, cara... Tava na intenção de comprar a mulher porque deve ter escutado que o velho tem umas coisas por aí... E a babaca toda satisfeita quando viu aquele puta móvel entrar. E não sabe tocar porra nenhuma... Nunca tinha visto um piano em preto-e-branco. Só no colorido da imaginação. Olha aí, chega o pé pra lá, tá sujando minha calça...

— Desculpa.

— Aí ela ficou lá toda embasbacada, esfregando a ponta dos dedos pra cima e pra baixo no piano. Bom, mas o fato é que ele tá lá, com os porta-retratos em cima dele, decorando o ambiente; e a bicha se escafedeu. Nunca mais se ouviu falar no cara. O pilantra era cheio dos nomes, precisava de ver... Sei que minha irmã terminou com ele dizendo que meu pai não fazia gosto. E ainda jogou a coisa pra cima do velho. Se tocou que ia entrar numa roubada... Custou, malandro! Depois disso ela ficou tão atacada que não quis mais saber do piano. Que podiam dar aquela joça pra quem eles quisessem, falou, gastando lágrima no chão. Ganhei o piano. Agora ele é meu, e deve valer uma baba, meu chapa, tá sabendo?... Então, de vez em quando, eu dou uma corrida até lá pra checar a herança. Olha aí, chegou quem faltava! Completa aí, Bujão!

— E o que o piano tem a ver com a sua tia?

— Pois é, agora você chegou aonde eu queria. Semana passada dei uma chegada lá na casa dos velhos. Tito pra cá, Tito pra lá, tudo feliz na minha chegada, quando vi, atrás da minha mãe, a Marlene. Minha tia que eu não via há um porrão. Parentesco de uns noventa graus, por aí. Jeitosona. Olhou pra mim mandando, sabe como é? O olho bateu no meu e voltou, bateu de novo, quicou, e ficou, paradão. E eu ali, sacando. Dei dois beijinhos nela, da educação, e fui conversar com os velhos, e dar uma conferida no que era meu. Tava lá no fundo da sala, quieto, fechadão, e eu olhando pra ele vi um zerinho, meu irmão! Olha aí, teu pé tá esbarrando de novo na minha calça, porra! Se liga, cara! Onde é que eu tava? Ah, na casa da velha. Bom, aí, nessa hora, que eu já tava imaginando uma situação, minha mãe disse que tinha de sair porque faltava uns troços pro almoço. Não ouvi direito o que ela falou porque tava com a atenção na tia. Tia, vê se pode! É cada uma... De vez em quando a velha cisma que tá faltando alguma coisa e vai pra rua. Sai muito pra ir na quitanda, comprar banana. Tem cisma com banana. E o velho foi atrás. Ela ia fazer almôndega, que lá chama polpetone. A Marlene ficou no corredor. Deixaram ela pra trás. Vacilando feito borboleta sem dono. Antes de sair, minha mãe tentou fazer a cabeça da Marlene pra ela conhecer a cidade. Só mesmo minha velha pra chamar aquilo de cidade. Lugar que só tem uma rua... O certo é que ela não queria me deixar sozinho com a Marlene, a velha não se emenda, sempre empatando foda... Mas a borboleta deu preferência de ficar no corredor. E eu na varanda, lendo no jornal as merdas que meu time anda fazendo. Daqui um pouco escutei a voz melada dela: "Tito, te conheci menino, viu, Tito?...". E deu um risinho. Mentira, porque ela não é velha, não é moça, mas também velha não é. Gostosa ainda, naquela roupa fazendo curva no corpo dela. E tava descalça. Disse que gostava de andar assim porque no chão tinha muita vitamina, e aí riu. E veio mostrar o pé pra mim. Bonito, os dedos, tudo arrumadinho. Perguntei o que tinha mais pra mostrar. Ela sorriu com os olhos no chão; foi nessa hora que, de um arranque só — tô treinado, mulher gosta de solavanco —, tirei o vestido dela e voei em cima daquela carne, apalpei ela toda. Polpetone. Fodemos ali mesmo, no corredor; de primeiro, enganchei ela de pé, depois, demos muita rolada no chão. Ela gargalejava, assanhada. Devia tá gozando, a puta da tia. Quando os velhos voltaram, tudo tinha se acabado. Marlene já tava vestida, no seu lugar do corredor. Vê outra cerva aí, meu chapa! Os cara aqui são devagar pra caralho... Depois disso, foi só conversa mole de família. Aporrinhação. E a novidade é que tinha aparecido comprador pro piano, aí botei minhas regras no jogo, e os velhos ouviram os tintins. Vim embora sentindo o cheiro da grana. E com Marlene no pau. Pensando qual ia se manifestar de primeiro. Ela não devia de me cagüetar, senão a velha corria com ela de lá. E o comprador, ia topar o preço? Tô aqui estratejando esse pensamento. Enquanto isso, bebo. Que é como sei tocar. Mas esse pé tá de novo encostando na minha calça, porra! Cara é essa, cara? Tá me estranhando, rapaz? Tô fora!... Ô Bujão!, fecha a conta aí!

Queixas

— Você não imagina o que aconteceu comigo e com Waldemar...

— Sabe onde está minha meia nova? Aquela de listras que acabei de comprar... Será que a moça levou?

— Estou no telefone, Waldemar. Como eu ia dizendo, tivemos que mudar de táxi três vezes! No primeiro táxi que pegamos o motorista estava bêbado, calcule! Foi uma agonia ele estacionar. O carro dançava para todos os lados, solto na mão do homem, e Waldemar achando que era o jeito descontraído que o sujeito tinha de dirigir. Nunca concorda comigo. Falei para saltarmos rápido. Em inglês. Ele demorou nem sei quanto tempo para se movimentar, sabe como é lerdo pra perigo...

— E você com medo que o motorista entendesse inglês.

— Vai procurar sua meia, Waldemar! Estou no telefone, já disse. Logo que entramos no segundo táxi, parecia que o carro ia se desfazer no caminho, chacoalhava todo, comuniquei então ao motorista que eu estava sentindo os pés roçando no asfalto. O homem respondeu que tinha quebrado a suspensão da parte de trás do carro. E ainda disse que achava melhor saltarmos. Pronunciou essa frase. Pode imaginar com que rapidez saí do carro? Eu, é claro. Porque é uma dureza Waldemar se levantar...

— Eu estava pagando.

— E o terceiro, que finalmente nos trouxe, perguntou que tanto trocávamos de carro. Vinha atrás de nós. Mas o fato é que não sei mais como me locomover no trânsito. Ônibus, Waldemar não entra...

— Não pego.

— Dirigir, ele não pode mais, por causa da lateral da vista direita, que ficou no breu, justo onde me sento. Me deixar dirigir, não quer nem ouvir falar. Sobra andar a pé, mas com a cidade regurgitando de assaltantes...

— O jeito é não sair.

— Pára de falar, Waldemar, mas que coisa, já disse que estou no telefone... Era aniversário do Gustavinho, como poderíamos faltar, está me ouvindo? E ele ficou tão feliz com o elefante que levamos de presente... Que Waldemar teve que carregar... Mas não sei como vamos fazer, sair virou um tormento, andar de táxi, uma condenação...

— Em casa também é difícil.

— Espera um pouco. Waldemar, eu não sei se você notou que não estou falando com você. Não estou sequer olhando pra sua fisionomia envelhecida, pelo cigarro e pela bebida, constantes. Sei que você me escuta porque sempre falo em bom tom, mas não gostaria de mais interrupções. Obrigada. Vá ver se Raimundo tem água. É muito comum encontrar pássaros duros na gaiola. E eu não quero que seja esse o destino de Raimundinho. Agora me deixa em paz. Waldemar se foi, felizmente. Onde estávamos mesmo? Ah!, nas ruas! Ando tão assustada, você nem imagina... Raro é o dia em que não há tiroteio por onde se passa. Tenho chegado viva, mas qualquer dia... Sabe que São Sebastião é conhecida como a cidade da bala perdida, não sabe? Inclusive internacionalmente. E o Julinho, que já foi assaltado três vezes? Na terceira, imagina o que ele disse para o assaltante: "Você, de novo?". Era o mesmo. Mas isso é coisa que meu filho faça, desacatar um agente do mal?... Se arriscar a ficar sem garganta?

— Ainda?

— Me deixa, Waldemar! Vai assistir televisão. Liga no tevê no esporte.

— Sportv.

— Ou isso. Vai lá, deve estar acabando. Daqui a pouco vou precisar de sua ajuda pra passar hidratante nas costas...

— Todo dia?...

— Um instante. Não me interrompe mais, Waldemar! Eu não estou bem, você sabe, amanhã mesmo tenho consulta. Vê se não piora o meu estado. Sabe que uma mulher constantemente interrompida pelo marido perdeu o fio do raciocínio para sempre? Ouviu o que eu disse? Quer que isso aconteça comigo? Ter uma mulher desconectada em casa? Me deixa em paz! Muito difícil conversar com Waldemar à minha volta... Nem sei mais aonde eu estava... Ah, você já soube o que aconteceu aqui no prédio, com a nossa vizinha de porta? O assaltante entrou no apartamento dela, prendeu-a no lavabo, junto com o poodle dela de estimação e, enquanto o homem levava os aparelhos...

— Ela tirou a roupa porque achou que ele tinha outras intenções...

— Te ligo depois.

— É de propósito que você faz essas coisas, não é, Waldemar? Tem prazer em me atazanar, não é mesmo?... Está cansado de saber que eu fico atordoada quando falam comigo e estou no telefone!

— Falando com a madrinha?

— Não respondo.

— Diz.
— É.
— Ela está surda.
— Não tem importância. Mais alguma pergunta? Boa noite, vou me deitar.

— Sabe onde está a chave do quarto, Waldemar? Tranquei e não sei onde pus. Que desespero, santo Deus! Tenho perdido tanta coisa... Como ando esquecida... Ainda bem que amanhã tenho consulta. Quer fazer o favor de me ajudar a achar a chave? Já procurei em todos os lugares em que ela podia estar. Dá pra você largar um pouco esse alicate? Que mania de tirar pele da unha... Estou começando a passar mal... Será que a empregada roubou a chave? Até isso carregam? Hein, Waldemar?... Onde vamos dormir? Precisamos entrar no quarto, e eu sem os meus travesseiros não durmo; tenho de escorar a coluna e o joelho esquerdo, você sabe. Ai, Deus, faz tempo que eu não consigo me lembrar de nada... Ah, Waldemar, deixa eu te contar uma coisa que está acontecendo: minha cabeça está ficando mole. É, também isso. Eu apóio o dedo nela e ele afunda. O que pode ser isso?
— Moleira.
— Não sei se gostei do que você falou. Ah! Custava você dizer que a chave estava dentro do meu sutiã, Waldemar?...

— Já acordou? Farelo pela mesa toda, hein, Waldemar? Inclusive no chão, está me escutando? Não vou me abaixar, você sabe em que condições está a minha coluna. Esqueceu a queda? Bem, estou indo, que é o melhor que tenho a fazer, mas não precisa me acompanhar, continua em pé, lendo seu jornal. Não conheço ninguém que leia jornal desse jeito. Sem a sua companhia acho que as coisas terão outro rumo. Até mais tarde. E vê se não vai caminhar, porque eu não estou em condições de pegar homem caído em canto algum. Sai da minha frente, por favor, não me atrapalha a rotina.

Nem acredito que cheguei. Valha-me Deus! Que sala de espera cheia... Quanta gente velha por aqui... Devem estar todos estropiados.

— Que bom, tem uma cadeirinha aqui. O sapato do senhor está desamarrado...

— Obrigado.

Tanta coisa a que se tem que dar atenção, não é mesmo? Tenho ficado exausta, mas acho que foi por causa de uma queda que eu sofri no mês passado. Ainda não me recuperei. Tenho uma amiga que diz que a pessoa fica caída durante muito tempo. Caí de joelhos, o senhor calcule, meio de banda — até numa posição interessante —, sozinha, sem testemunha. Quando já me encontrava ajoelhada nos azulejos, apareceu um porteiro perguntando se eu queria ajuda. Agradeci, mas achei melhor me levantar por meios próprios, sentindo uma quentura nas pernas como jamais havia sentido, e uma brutal dor nas costas. O resultado da queda é que apesar de eu ter me lançado de frente, do tremendo baque nas rótulas, o tombo refletiu na coluna, que sofreu um desmoronamento na parte de trás, no arremate dela. Com licença, meu celular está tocando. Levo um tempo enorme tentando achá-lo dentro da bolsa. Pronto, consegui! O que é? Sim, cheguei. Claro, queria que eu viesse de quê? Agora só vamos tomar esse táxi. Já peguei o cartão com o motorista. Está resolvido o desespero da condução. Estou, estou na sala de espera. Não, ainda não, a sala está cheia, também não, é só no final da consulta. Daqui a pouco estou em casa. Era Waldemar. Não sabe ficar sozinho. Onde estávamos? Na coluna. Está sem solução, o médico disse. A não ser que eu tome uma injeção de chumbo, meu genro sugeriu. Aliás, ele deseja intensamente que eu desapareça, e de forma violenta. De qualquer maneira, não achei boa a sugestão. Com o chumbo seria um desaparecimento súbito. Agora o senhor vê, uma mera visita a uma amiga e a coluna vem abaixo. Muita coisa já me aconteceu em virtude dessas armadilhas no chão, dessas arapucas, o senhor há de convir; espero que não me aconteça mais nada, até porque não desejo me transformar numa perita de asfalto, como também espero que não me contem mais nada... Não sei se com você é assim, posso chamá-lo de você, não é mesmo? Ultimamente, tudo de que os outros se queixam eu passo a sentir instantaneamente, é contar e refletir no meu corpo. Não posso escutar mais nada... E as pessoas têm prazer em entrar em detalhes, já reparou? São dores e mais dores, as leves são as dores de cabeça, as de barriga, e as câimbras, mas isso é bobagem, quem nunca ficou com os dedos do pé engruvinhados? Eu fico toda noite. É só me virar na cama. Tenho que me deitar e ficar imóvel, sem mudar de posição, senão entorto. Por falar nisso outro dia uma mulher me contou que ficou com câimbra do tampo da cabeça à ponta do pé. Já ouviu falar nisso? Bom. Eu ia dizer que bom, e esqueci o pronome. Tem me acontecido de esquecer palavras, principalmente os conectivos. Acho que em virtude de pontadas erráticas no interior da cabeça e, também, das dores de cabeça que se devem ao repartido; não sei se o senhor entende. Esse conjunto de dores, esse pacote, não é mesmo?, é que deve provocar o esquecimento. E olhe que vivo fazendo palavras cruzadas, agora mesmo deve ter uma revista aqui na bolsa, quer ver?... Pronto, desapareceu. É assim. No ritmo que vou estou condenada a uma variedade infinita de dores e sem meio de comunicá-las. Sinto isso. Aponta uma idéia, tento persegui-la, e se por acaso alguém faz um breve comentário, uma palavra que seja, a idéia que vinha fresca e límpida desaparece. Se esvai. E não retorna jamais. Por mais que eu me esforce. Foi assim que eu perdi dois mil dólares. A família botou a casa abaixo, mas ninguém encontrou o envelope onde eles estavam, tampouco eu. Depois ficaram me sabatinando uma tarde inteira, me deixaram exausta, e de nada adiantou. É o branco mais branco de que tanto falam nos anúncios da televisão. E não adianta ficar pensativa, absorta, como me mandaram, porque depois esqueço também o que pensei. Notou o absorta? Resultado das cruzadas difíceis, do Desafio Cobrão. Ai, estou tão cansada... Mas o que é uma pessoa sem conversa? Nada, não é mesmo? Uma pessoa sem conversa não é nada! Já vai!? Ai, meu Deus, de novo o celular. O que é, Waldemar? Espera um pouco. Não vai esperar a consulta?... Não é com você que estou falando, não, você não conhece, depois eu explico, não estou entabulando nada, desliga Waldemar.

Confissão

Padre, vim confessar meus pecados que se apressaram em se tornar pecaminosos. Não sei se o senhor se lembra de mim, mas aqui estive uma vez por causa de um primo. Mas ele foi embora e eu não voltei a cair em perdição noturna, o senhor há de se lembrar do desvario péssimo. Depois disso namorei, mas agora quero crer que cometi um deslizamento. Fecundei, padre, e só pode ter sido do Inácio, porque ele é totalmente desejável, e foi o último que ficou, desculpe, brincando. Foi só uma vez com Inácio para Jeremias se tornar mais uma ovelha do Senhor. Leio muito a Bíblia, como contei da outra vez, tem aquelas passagens que eu não entendo muito bem mas que aceito todas elas porque foram escritas por Deus, nosso poderoso Senhor e Jesus, amém. O pessoal lá de casa acha que eu não tenho jeito, na maior parte do todo acho que eles têm razão, o que não quer dizer coisa nenhuma. Nessa medida, deles acharem o todo e eu o mínimo, quem o senhor acha que tem a razão? Devo contar também que papai e mamãe me rodeando descobriram a cola do Inácio grudada na minha saia. Com o que queriam eles que eu me limpasse? O senhor sabe, é uma enxurrada em golpes; e cá está o sol brilhando em mim, e lá estou eu na esquina esperando Inácio pra contar a novidade da ovelha. Melhor é o mancebo pobre do que o velho insensato, não é mesmo? Digo isso porque meu pai me mandou um velho amigo dele. Meu pai a todos apanha com a sua rede e os junta na sua varredura. Ali está o esconderijo da sua força. E eu disse a meu pai: Sob a minha guarda estarei. Mas o que eu venho mesmo lhe dizer, padre, é que eu tenho muito medo do nosso Pai. Não sei o que ele poderá fazer... Acaso me mandará para a morada dos leões? O mar irá me cobrir? Hei de passar os dias nas trevas e de padecer muito enfado, e cruel furor? O que o senhor acha? Viro meu coração para saber. O senhor disse que nosso Deus cuida do seu rebanho, não foi? E que ovelha acha ele de mim? Porventura me profetizará a tosquia? Hoje de madrugada meu pai se levantou em desespero; seu tumulto subiu até os meus ouvidos. Disse ele que eu me recusei a andar na lei de Deus. Que não refreei meu apetite. Que vou trazer ruína à família. Procurou achar palavras agradáveis mas não as encontrou. Minha cabeça ficou cheia de orvalho. Então disse minha mãe a meu pai: "Não vê sua filha em sacrifício?". E a ira de meu pai tornou a se acender contra mim. "Até quando andarás vagabunda, ó filha rebelde?", dizia ele. Ouvindo-o, meu ventre se comoveu. Estremeci dentro de mim. Pequei contra a minha alma, padre. Sei que fiz uma coisa pagã, mas ficarei com pés de bode e chifres até o dia do juízo final? Em espanto e em perpétuo desprezo? Tudo sucede a uns e a outros, e a todos sucede o mesmo o tempo inteiro, não é assim? Minha avó disse que Deus fez o homem reto, porém que eles buscaram muitas invenções. Dos valentes não é a peleja, disse eu a ela. Parábola, não é, padre? Primeiro vem o amor físico, não é verdade? E é higiênico, o senhor não acha? Não estou provocando o Criador, estou? Tenho um medo das labaredas eternas que o senhor nem calcula... Peço que lance meu coração para o altíssimo, para que o Pai faça paz comigo. Quem teme a Deus a tudo escapa, não é verdade? Não há ninguém sobre a Terra que nunca peque. Meu caso, não é, padre? Vi esta sabedoria debaixo do sol. E antes que o sol escureça, peço que o senhor me dê o seu perdão. Como novilha não domada espalhei meus caminhos a estranhos e agora rogo-vos que me recolha com grande misericórdia; para que todos vejam, e saibam, e considerem, e juntamente entendam, que há outra além de mim.

Dia das mães

Senhoras, senhores, senhoritas, e personalidades distinguidas de uma maneira geral, aqui estamos, nesta frondosa manhã, ao abrigo do descampado do verão, do torrão solar, para a solenidade em homenagem àquela que está situada num plano elevado, e que é a sua, a nossa, a vossa heteroprogenitora, que os dias não fazem mais. Quantas tardes à sombra das bananeiras se imprimiram na mente daqueles que se recordam da eterna felicidade de compartir uma calma mãe prestante. Aquela que, de subida importância, em dias tristes chorou no nosso ombro umedecendo nossas vestes, e em tardes felizes soltou amplas gargalhadas alegres; e que se lançou ao desespero nos noturnos dias em que ameaçamos partir. Portanto, prezados companheiros, é dever prepúcio agir como bom filho, e o bom filho retroage. Sim, caros cidadãos leais, nossas mães valem cada grãozinho de arroz que é deglutido por elas. Como merecem tanta refeição! E hoje, neste recinto abundante, em que flores tremulam na relva, passarinhos chilreiam e crianças regurgitam de emoção — há sempre uma oportunidade de emoção —, aqui estamos nesta humilde, porém correta festa de Dia das Mães do nosso grêmio recreativo, neste grande clube — nosso estimado grêmio, que recolhe sócios, vale dizer, das mais diferentes longitudes —, para prestar o nosso preito. E é do fundo do peito, e também do coração, e, por que não dizer, do lamentável estado das lembranças, que eu vos falo, companheiros gremistas, que mãe é para toda vida; já esposa, é circunstante, a bem dizer, às vezes é por temporada, para depois termos que abandonar pelo caminho, quando não na estrada, sem sequer olharmos para trás. Adelaide, por exemplo, de certa mal feita, me fez perder um pouco o cérebro. E as mãos, lamento proferi-lo. E se conto desditosamente a vocês sobre o recôndito, é porque nunca houve mulher como Adelaide para deixar um homem fora do seu centro nervoso. Da sua psique automática. Riam, companheiros, riam, porque é do riso que se esvai o pranto. E quem dentre vós não passou por tal efemeridade? Por essa loucura esponsal? Esse levante feminino? Que alce o braço aquele que não teve o matrimônio desgovernado por uma mulher de vida garbosa. E guarde o abraço para aquela que é eterna entre nós: Mãe, meus caros e indistintos sócios remidos, é até os últimos lampejos. Mãe é o início do fim do suplício. Mãe é o ornamento da expressão materna. Parabéns à estátua do lar! Agradeço as palmas, a alegria das risadas, uma verdadeira platéia ótima, mas desejo ainda proferir umas sílabas, poucas, no singular, para dona Noêmia, que ali se encontra desvanecida nos braços de Romeu, com um prato a escorregar do regaço, e que eu digo que é a veneranda e prestimosa mãe daquele que, simples gremista, emite estas sílabas, que eu espero calem fundo na orelha de todos vós. E agora eu peço uma salva de palmas para todas as mães ausentes, aquelas muitas que não puderam vir porque estão acampadas no leito. Obrigado, distintos cidadãos amigos do peito. Gostaria de assinalar neste momento a presença furtiva de nossa estimada Adelaide, minha ex-esposa, como há pouco vos falava, que aqui veio nos surpreender com sua visita. Daqui, onde me encontro, a diviso, executando gestos cênicos; entendo que gostaria de trocar umas palavras comigo. Sempre tivemos muito a conversar, Adelaide e eu. Mas desta feita, sinto muito, cara Adelaide, terei em prosseguimento outro compromisso. Agora, para finalizar, rogo que voltemos nossas cabeças para as mães que estão soltas neste salão, neste ambiente hospitalar, beliscando petisco, que elas recebam de todos, e de mim mesmo, discursante desta epopéia matutina e materna, nossos aplausos, até que as palmas das nossas e das vossas mãos doam um bocado. Muito grato, companheiros gremistas, vocês têm sido transbordantes na sua generosidade para consigo. Sinto-me como que curvo ao peso de tanta bondade e de tais e quais manifestações de fidalguia e apreço. Eu diria, reproduzindo um poeta, que "Coração como o vosso faz lembrar essas âmbulas d'ouro, onde a oblata mais tênue cai tinindo qual rico tesouro". Agradeço a presença de todos os quantos aqui acudiram e, em especial, de nossa estimada Adelaide, pelo súbito comparecimento. Por último, neste excelso momento, desejaria contar com a colaboração do augusto e ilustre presidente, ou de um de seus antecessores, para que tenha a firmeza de me acompanhar até o automóvel. Salvações!

ESTA OBRA FOI COMPOSTA PELO GRUPO DE CRIAÇÃO EM ELECTRA E
IMPRESSA PELA PROL EDITORA GRÁFICA EM OFSETE SOBRE PAPEL PÓLEN
SOFT DA SUZANO PAPEL E CELULOSE PARA A
EDITORA SCHWARCZ EM MAIO DE 2007